Le retour de Duarte Avelar

AMANDA CINELLI

Le retour de Duarte Avelar

Traduction française de
LOUISE LAMBERSON

AZUR

HARLEQUIN

Collection : Azur

Titre original :
RETURNING TO CLAIM HIS HEIR

HARPERCOLLINS FRANCE
83-85, boulevard Vincent-Auriol, 75646 PARIS CEDEX 13
Service Lectrices — Tél. : 01 45 82 47 47 - www.harlequin.fr
ISBN 978-2-2804-6149-8 — ISSN 0993-4448

Composé et édité par HarperCollins France.
Imprimé en novembre 2021 par CPI Black Print (Barcelone)
en utilisant 100% d'électricité renouvelable.
Dépôt légal : décembre 2021.

FSC
www.fsc.org
MIXTE
Papier issu de sources responsables
FSC® C159065

Pour limiter l'empreinte environnementale de ses livres, HarperCollins France s'engage à n'utiliser que du papier fabriqué à partir de bois provenant de forêts gérées durablement et de manière responsable.

1.

Immobile devant le caveau familial où reposaient ses parents depuis sept ans, Duarte contempla leurs deux noms gravés côte à côte.

Un troisième avait été ajouté sur la stèle en granit.

Le sien.

Il baissa les yeux sur les couronnes et les bouquets de fleurs desséchées, les plaques funéraires exprimant les regrets d'amis ou de relations d'affaires venus des quatre coins de la planète rendre hommage au play-boy milliardaire.

Une image se forma dans son esprit, celle de sa jumelle, Dani, acceptant leurs paroles de réconfort, puis, de la place même où il se tenait maintenant, regardant le cercueil vide descendre lentement dans la fosse.

Un goût de bile lui monta aux lèvres. Il se détourna et retraversa le petit cimetière désert. Sa voiture l'attendait devant les grilles ; le jeune chauffeur tenait la portière ouverte. Tout près, deux gardes du corps surveillaient les alentours.

Avant son enlèvement, Duarte entretenait des rapports simples et cordiaux avec ceux qui travaillaient pour lui. Mais depuis sa résurrection il était devenu un paria. On évitait de croiser son regard et l'on s'efforçait de ne pas fixer la cicatrice indélébile qui lui marquait le visage.

Sa sœur s'était occupée des médias et, grâce à elle, il avait eu la paix pendant deux semaines. Le temps de se préparer à les affronter. Il était sorti de sa première conférence de presse moins d'une heure plus tôt, et la performance avait été laborieuse. Il s'y attendait. Il n'était pas encore prêt.

Les journalistes l'appelaient « Le fantôme », « L'homme revenu d'entre les morts ». Ils le dépeignaient comme une sorte de héros pour attirer les lecteurs, toujours friands de ce genre d'âneries.

Personne ne semblait comprendre qu'il n'avait pas envie de fêter son retour parmi les vivants. Il ne le désirait pas, pour la bonne raison qu'il se savait responsable de sa propre disparition et des souffrances qu'il avait endurées.

Légitimement, il aurait dû être mort.

Duarte s'assit à l'arrière du véhicule et effleura du bout des doigts la cicatrice qui partait du milieu de l'arcade sourcilière gauche et rejoignait le lobe de l'oreille. En fait, le dur et lent processus de guérison avait été une partie de plaisir, comparé à ses tentatives de réintégrer un monde dont il avait été rayé. Aux yeux de tous, Duarte Avelar était mort et enterré après avoir été abattu d'une balle dans la tête.

Il se tourna vers la vitre. Le soleil brillait au-dessus du village niché dans la campagne anglaise où ses parents avaient choisi de venir s'installer après avoir quitté le Brésil. Âgé d'à peine dix ans à l'époque, il leur en avait d'abord voulu de l'arracher à ses habitudes, à sa maison et à ses camarades, puis il s'était rapidement senti chez lui dans ce petit coin de paradis. Même lorsqu'il avait fait fortune et acheté de superbes propriétés un peu partout dans le monde, rien ne lui avait jamais procuré le sentiment de paix qu'il éprouvait ici.

Mais à présent Duarte ne se sentait plus chez lui nulle part.

Tout lui paraissait faux. À commencer par lui-même.

Il le lisait dans les regards qu'échangeaient sa sœur et Valerio, son associé et son meilleur ami depuis toujours. Dani et lui avaient été témoins de ses brusques sautes d'humeur, de son manque de concentration chronique, de son irritation due aux maux de tête atroces qui pouvaient lui tomber dessus à tout instant.

Deux semaines plus tôt, quand ils avaient appris qu'il avait survécu par miracle, Dani et Valerio s'étaient précipités sur l'île minuscule située au large de la côte brésilienne où il était soigné dans un établissement privé. Jusqu'alors, Duarte avait perdu tout souvenir de son identité et il n'avait eu qu'un seul but : reconstituer ses forces physiques après tous ces mois passés sur un lit d'hôpital.

Parler avec eux avait été douloureux, mais ces échanges difficiles lui avaient permis de faire remonter quelques souvenirs. C'était Dani qui, les yeux emplis d'espoir, lui avait proposé de rentrer en Angleterre. Comme si elle croyait qu'il lui suffirait de retrouver la maison de leur enfance pour redevenir lui-même…

Cela avait fonctionné jusqu'à un certain point. Grâce à son aide et à celle de Valerio, les trous de mémoire avaient commencé à se combler. Toutefois, Duarte se sentait toujours étrangement déconnecté de tout. Sa sœur affichait un optimisme à toute épreuve, tandis que lui n'éprouvait qu'une sorte d'apathie vis-à-vis de l'univers qu'il avait réintégré. Parfois, il en venait à regretter la solitude bienfaisante de l'île, le temps où il ne connaissait même pas son nom. Aussitôt après, il se reprochait son égoïsme.

Tant de choses avaient changé en son absence ! Il tressaillit en revoyant l'expression de son meilleur ami au moment où il l'avait informé que Dani et lui étaient tombés amoureux et qu'ils allaient se marier.

Savoir que ce rapprochement avait été favorisé par les mesures visant à protéger Dani contre la menace qui pesait sur elle accroissait encore la colère de Duarte. Il ne leur en voulait pas d'être heureux. Mais ils l'avaient *enterré*. Pleuré. Et ensuite ils avaient avancé tandis que, de son côté, il vivait un véritable enfer.

La colère l'accompagnait désormais en permanence, et il avait honte de réagir ainsi. Dani et Valerio n'avaient rien fait de mal. Personne n'aurait pu deviner qu'il était resté en vie.

Angelus Fiero, un vieil ami de la famille Avelar, avait fait en sorte que tout le monde l'ignore dans un premier temps.

Duarte n'avait pas encore révélé tous les détails à sa sœur ni à son meilleur ami… Il n'avait rien expliqué à personne. Parce que, en disant toute la vérité sur les événements qui les avaient conduits, Valerio et lui, à être enlevés puis torturés par des criminels, il aurait admis avoir une certaine responsabilité dans leur survenue. Et, ce faisant, il aurait livré des choses qu'il leur avait cachées à tous les deux, et qui comportaient encore une part d'ombre liée à son amnésie.

Dani lui avait demandé, avec tact mais fermeté, quand il pensait pouvoir les rejoindre et se remettre au travail. Velamar, l'entreprise spécialisée dans la fabrication de yachts de luxe qu'il avait créée avec Valerio, allait en effet ouvrir de nouvelles filiales aux États-Unis et aux Antilles. C'était là un projet sur lequel ils travaillaient depuis une bonne dizaine d'années et dont Dani s'était occupée en leur absence. Duarte avait répondu brutalement aux questions de sa sœur et refusé de s'engager à quoi que ce soit.

Au sortir de la conférence de presse ce matin, il avait annoncé à sa jumelle et à son meilleur ami qu'il allait retourner à Rio pour s'occuper de la Fondation Avelar. Celle-ci, créée autrefois par ses parents, gérait un vaste programme de développement urbain. C'était elle qui était à l'origine de tous ses ennuis et de ceux causés, en répercussion, à ses proches.

En réalité, ce n'était pas la seule raison de son retour à Rio, mais il ne l'avait pas précisé.

Le visage fermé, Dani s'était détournée sans un mot. Valerio, manifestement partagé, avait exhorté son ami à s'entourer d'une solide équipe de sécurité et à être très prudent.

Il savait Dani blessée par son attitude distante, évidemment. Mais, d'une part, il ne supportait pas de la voir aussi heureuse avec Valerio et, d'autre part, il se sentait harcelé par l'insistance avec laquelle elle lui demandait *quand* il reviendrait diriger l'entreprise à leurs côtés.

Son téléphone sonna dans sa poche. Il le sortit et lut le message qui s'affichait, provenant d'un numéro masqué :

Nous l'avons retrouvée.

Il se raidit de la tête aux pieds. Puis il se ressaisit et composa le code d'accès au serveur sécurisé. Depuis qu'il avait enclenché son processus de vengeance, ses enquêteurs, en collaboration avec d'anciens policiers, avaient travaillé dur, notamment la semaine passée. Ils avaient récupéré et rassemblé toutes les photos de lui datant de l'année précédente ainsi que les vidéos où il figurait, afin de créer une carte retraçant ses déplacements. Ils venaient maintenant de découvrir une quantité impressionnante de clichés pris lors d'un événement politique auquel il avait assisté juste avant son enlèvement.

Duarte examina les images une par une, jusqu'au dernier fichier signalé comme méritant toute son attention. Il parcourut les photos qui le montraient s'éloignant de l'estrade et se dirigeant vers le fond de l'immense salle. Quelque chose s'était mis à fourmiller dans son esprit à mesure qu'il faisait défiler les images. Soudain, il fut parcouru par un violent frisson, et son regard resta fixé sur un visage de femme auréolé d'une chevelure flamboyante.

C'était bien elle. Oui, il l'avait enfin retrouvée.

De tous les rêves torturés qui l'avaient hanté durant son rétablissement sur l'île, ceux dans lesquels figurait ce beau visage avaient été les plus obsessionnels. Quand il était sorti du coma artificiel, son seul souvenir précis avait été celui de cette femme le tenant dans ses bras tandis qu'il se vidait de son sang. Mais comment être certain qu'il s'agissait d'un vrai souvenir et non d'un produit de son imagination ?

Elle le serrait contre elle, le réchauffait avec son corps, répétant doucement son prénom tout en se démenant pour stopper l'hémorragie. Ses yeux bleu-gris étaient emplis de larmes, et son parfum de lavande enveloppait Duarte.

— Ne meurs pas, Duarte… Je t'en supplie ! Il faut que tu restes en vie ! Pour nous deux…

Ces paroles avaient résonné en lui comme un mantra. La voix suppliante l'avait aidé à tenir durant le long et douloureux processus de guérison. Et maintenant il ne pouvait se débarrasser du sentiment que cette femme était *capitale*. Même si, parmi toutes les personnes qu'Angelus Fiero avait réussi à retrouver et à interroger, parmi toutes celles qu'il avait fait arrêter au cours des deux derniers mois, aucune n'avait mentionné de femme se trouvant à proximité du chantier naval abandonné.

Et voilà qu'à présent il avait cette photo sous les yeux, sur son écran de smartphone… C'était la preuve qu'elle était réelle, qu'il ne s'agissait pas d'un rêve. Cette femme lui avait sauvé la vie, puis elle avait disparu. Pourquoi ?

Duarte repoussa toutes les hypothèses qui se bousculaient dans son esprit. Il y réfléchirait plus tard. Dans l'immédiat, cette femme était le seul lien avec ce qui s'était passé cette nuit-là, et il devait aller la voir.

Levant les yeux, il s'aperçut qu'ils étaient arrivés au petit aéroport privé de la banlieue londonienne. Sa pilote, Martha, et les membres de son équipage l'attendaient sur le tarmac, devant l'un des jets privés de Velamar.

Il appela le chef de son équipe d'enquêteurs et l'informa que, s'ils réussissaient à localiser l'inconnue avant l'atterrissage du jet à Rio, leurs honoraires seraient doublés.

— Mais attention : vous ne bougez pas avant mon arrivée. Personne ne doit l'approcher, compris ? ajouta-t-il. Je m'en occuperai *personnellement*.

Nora Beckett regarda une dernière fois la pièce vide et se mordit la lèvre pour refouler ses larmes.

Elle ne pleurerait pas. Elle n'avait fait que cela pendant six mois et demi, et c'était un luxe qu'elle ne pouvait plus se permettre à présent. Elle n'avait plus droit à la moindre faiblesse.

La gorge nouée, elle alluma son smartphone. Tous les appels manqués et les messages non écoutés provenaient de la même personne : « Papa ». La simple vue de ce petit mot lui donna la nausée.

Sachant qu'elle ne pouvait l'emporter, Nora déposa l'appareil dans l'un des cartons entassés dans la minuscule entrée. Désormais, elle n'avait plus de père.

Durant ces quelques mois, elle s'était crue hors d'atteinte. Elle avait pensé avoir encore du temps…

Sachant que son puissant père se cachait quelque part à l'étranger, elle avait terminé ses études universitaires en suivant le plus de cours possible afin de rattraper les retards accumulés tout au long de l'année. Elle venait de passer les derniers examens lorsque les messages avaient commencé à arriver. Dès lors, elle ne s'était plus souciée de savoir si elle avait obtenu son diplôme. Elle n'avait plus eu qu'un seul impératif en tête : quitter Rio.

Les cartons débordaient de livres traitant d'ingénierie et d'environnement. C'étaient les seuls biens qu'elle possédait - outre la petite valise de ses vêtements –, mais ils étaient trop lourds pour qu'elle puisse les prendre avec elle. Surtout qu'elle en avait déjà beaucoup trop fait, passant la matinée penchée en avant, à nettoyer l'appartement.

Pour descendre les cinq étages, Nora, la main sur son ventre énorme, veilla à ne pas aller trop vite.

À un stade aussi avancé de sa grossesse, et sachant que le vol durerait quatre heures, elle avait beaucoup hésité avant de se décider à réserver un billet d'avion pour Manaus. Mais l'infirmière du centre où elle était suivie lui avait assuré que rester coincée dans un autocar pendant trois jours entiers présenterait encore plus de risques.

Depuis quelques jours, ses jambes et ses pieds avaient enflé, et organiser sa fuite lui avait causé un tel stress que Nora n'avait quasiment pas fermé l'œil.

Il ne restait plus qu'à espérer que Maureen Beckett ferait bon accueil à sa fille en la voyant débarquer à l'improviste… Et qu'elle lui pardonnerait son silence de cinq ans…

Le souvenir des derniers mots échangés avec sa mère

l'emplissait encore de honte et l'avait empêchée de l'appeler. En revanche, elle lui avait écrit pour lui dire qu'elle était désolée, expliquant que, naïve et avide de découvrir le monde, elle n'avait pas pu résister aux promesses de son père.

Elle n'avait jamais reçu de réponse.

La réserve naturelle située sur les rives de l'Amazone où vivait Maureen et où Nora avait grandi était le seul endroit où elle pouvait imaginer élever son enfant, loin de toute peur et de toute menace. Elle ne se sentirait pas seule là-bas, au milieu de la communauté d'écologistes et de volontaires dirigée par sa pétulante mère irlandaise. Il y avait une petite maternité dans le village tout proche, où Nora avait prévu de réserver une chambre avec ses dernières économies, au cas où sa mère ne voudrait pas l'accueillir chez elle.

Mais au fond d'elle-même elle espérait bien être pardonnée.

En ce début mai, qui aurait dû être le début de la saison sèche, il tombait des cordes sur Rio de Janeiro. Nora s'abrita sous un porche et jeta un coup d'œil à la rue. Aucune trace de la voiture bleu foncé qui était restée garée là, un peu plus loin, toute la semaine. Même les hommes de main de son père faisaient des pauses, apparemment.

Lionel Cabo n'avait pas remis les pieds à Rio depuis des mois, mais cela ne l'empêchait pas de transformer la vie de sa fille en enfer. Il la faisait surveiller pour bien lui montrer le pouvoir qu'il détenait sur elle et, voyant qu'elle ignorait tous ses appels téléphoniques, il avait pris contact avec son propriétaire et avait réussi à la faire expulser.

Il savait pertinemment qu'elle n'oserait jamais porter plainte contre lui, d'autant que la plupart des policiers travaillaient pour Novos Lideres, la puissante organisation criminelle qu'il dirigeait. Nora était complètement seule.

La pluie tombait moins dru, remarqua-t-elle soudain. Un groupe d'adolescents émergea de sous le porche voisin au moment où une voiture de sport noire débouchait lentement dans la rue étroite. Les jeunes entourèrent le véhicule et se penchèrent pour regarder à l'intérieur à travers les vitres trempées.

Un frisson glacé parcourut Nora. Les riches habitants de Rio s'aventuraient rarement dans les quartiers mal famés comme celui-là.

Les adolescents s'écartèrent de la voiture quand la portière s'ouvrit pour livrer passage à une haute silhouette. L'homme tourna les yeux vers elle. Des yeux couleur d'ambre…

Impossible. Elle était victime d'une hallucination.

Aussitôt, il se dirigea vers elle à grands pas, et elle sentit son mal de tête s'intensifier. Son cœur s'était mis à lui tambouriner les côtes.

— Nora Beckett ? demanda-t-il d'un ton aimable.

La belle voix grave coula en elle, teintée de cet accent britannique acquis en Angleterre, où il était allé s'installer avec ses parents vingt ans plus tôt.

— J'espère ne pas vous importuner en venant vous voir sans m'être annoncé ? poursuivit-il en lui tendant la main.

Pétrifiée, elle le dévisagea sans répondre. Elle avait l'impression d'assister à la scène de loin, de se voir à distance, face à cet homme qui avait le visage de Duarte, la voix de Duarte…

Il laissa soudain retomber sa main en fronçant les sourcils, avant de se retourner pour jeter un coup d'œil en direction des jeunes qui examinaient sa voiture avec le plus grand intérêt.

— Je ne sais pas si vous vous souvenez de moi, reprit-il à la hâte. Je m'appelle Duarte Avelar. J'ai… J'ai eu un accident il y a six mois…

— Duarte Avelar est mort, répliqua Nora.

Elle s'ordonna de ne pas céder à la panique. Il y avait forcément une explication logique à ce phénomène absurde.

— Pas du tout. Je suis bien vivant, comme vous pouvez le constater, déclara-t-il avec un sourire qui semblait forcé.

Il se passa brièvement la main sur la tempe, et Nora suivit son geste. Il avait une longue cicatrice qui partait de l'arcade sourcilière. Ses cheveux étaient désormais très courts, et l'on distinguait nettement les petites marques laissées par les points de suture.

C'était à cet endroit qu'elle avait essayé d'endiguer l'hémorragie tandis que le sang souillait sa robe et se répandait à ses pieds. Elle refoula le souvenir de ces instants horribles et se concentra sur l'homme qui se tenait devant elle, un sourire poli aux lèvres. Ce sourire n'était pas celui de l'homme qu'elle avait connu.

Sans réfléchir, elle s'avança d'un pas et lui posa la main sur la poitrine. Il laissa échapper un petit halètement qui se répercuta en elle, faisant naître un curieux mélange de crainte et de soulagement. Elle s'interdit toutefois d'espérer. Envoûtée par le regard aux reflets dorés, elle demeura immobile tandis que la chaleur se répandait en elle à travers l'étoffe de la chemise gris perle.

Sa main monta d'elle-même vers le cou musclé. Vivant. Il était *vivant* ! Elle ferma les yeux, la gorge douloureusement nouée à la pensée qu'elle avait affaire à un mirage cruel. Ce n'était que l'un de ces rêves merveilleux dont elle se réveillait au beau milieu de la nuit en s'attendant à le voir allongé à côté d'elle.

Elle serra les paupières pour refouler ses larmes et, rouvrant les yeux, vit qu'il la regardait fixement.

— Duarte… C'est impossible…

— J'ai pensé la même chose pendant tous ces mois, fit-il avec ce petit sourire en coin dont elle se souvenait si bien. Mais je suis bien là.

— *Tu es vraiment là. Tu es vivant…*, chuchota-t-elle.

L'espoir enfoui depuis longtemps rejaillit avec force pour se répandre dans tout son être. Elle se rapprocha encore et enfouit le visage contre sa poitrine. Il se raidit et, l'espace d'un instant, elle crut qu'il allait la repousser. Mais au lieu de cela il referma les bras autour d'elle, l'enveloppant dans sa merveilleuse chaleur et les effluves épicés qu'elle aimait tant. Sous son oreille, le cœur battait bel et bien, à un rythme régulier.

Bouleversée, elle s'accrocha à lui comme s'il représentait un îlot d'espoir dans l'immense océan de son chagrin. Le désir de l'embrasser, de sentir encore une fois ses lèvres sur les siennes la submergea.

Depuis l'instant où elle l'avait aperçu parmi la foule qui emplissait le club de samba, presque un an plus tôt, il avait eu cet effet sur elle. Aucun homme ne l'avait jamais attirée avec une telle force, aucun n'avait suscité en elle un désir aussi puissant. Duarte lui avait dit qu'il ressentait exactement la même chose.

Il le lui avait murmuré à l'oreille juste avant leur premier baiser. Ils avaient quasiment fait l'amour sur la plage, à découvert. Et Nora sentait maintenant le même désir insensé palpiter dans tout son corps.

Redressant la tête, elle s'attendit à voir le reflet de ses propres émotions sur les traits de Duarte, mais son visage et son regard étaient… vides. En outre, il avait l'air confus. Elle resta pétrifiée en face de lui.

Que se passait-il, au juste ? Là, entre eux ? Et pourquoi la vouvoyait-il ?

Au même instant, le bébé donna un petit coup de pied, la ramenant à la réalité et à l'urgence de la situation. Nora recula d'un pas et inspira profondément. D'autres jeunes avaient rejoint les premiers et, tous agglutinés autour de la voiture de sport, ils discutaient bruyamment.

Il ne s'agissait pas d'un rêve, non, mais d'un cauchemar. Cet homme était bien Duarte, il n'y avait aucun doute, et sa réapparition allait lui compliquer encore plus la vie.

Elle resserra son imperméable trop grand sur son buste et plaqua son sac à main contre son ventre, comme si ce geste pouvait la protéger et lui donner du courage. Parce que la présence de Duarte changeait tout, et ils étaient désormais tous les deux en danger.

Après avoir scruté la rue dans tous les sens pour s'assurer que la voiture bleue n'avait pas réapparu, elle regarda de nouveau Duarte et murmura :

— Comment est-ce possible ? Comment as-tu réussi à survivre ?

— C'est une très longue histoire, soupira-t-il en frottant sa mâchoire rasée de près. D'abord un coma artificiel, puis de nombreux mois de rééducation. Disons simplement que j'ai la peau dure.

Elle ferma les yeux. Il avait été vivant durant tout ce temps ! Il avait probablement souffert le martyre, et elle n'en avait rien su…

D'un côté, elle brûlait de le prendre dans ses bras pour ne plus jamais le laisser partir. De l'autre, elle savait qu'elle devait fuir, le plus loin possible, en oubliant cette rencontre inespérée. Même si le perdre à nouveau serait encore plus douloureux que la première fois.

— J'espère que vous ne m'en voulez pas de vous avoir fait rechercher, dit-il poliment avec une distance qui la mit mal à l'aise. Vous étiez avec moi la nuit où j'ai été abattu.

— Oui, j'étais là, acquiesça-t-elle en plissant le front.

Subitement, il eut l'air soulagé.

— Votre présence et votre aide, votre gentillesse ont été les premières choses que je me suis rappelées en sortant du coma, dit-il d'une voix douce. J'aimerais vous poser quelques questions, si cela ne vous dérange pas.

— Vous ne vous souvenez pas de moi !

Ces paroles s'adressaient autant à elle-même qu'à lui. Elle se remémora la façon dont il s'était présenté à elle, comme s'ils étaient des étrangers l'un pour l'autre.

Il ignorait qui elle était… Il n'avait pas la moindre idée de ce qu'ils avaient vécu ensemble.

— Ma blessure m'a rendu partiellement amnésique. Et j'espère que vous pourrez m'aider à récupérer mes souvenirs.

Il s'interrompit, enfonça les mains dans ses poches et la regarda, les yeux mi-clos.

— Y a-t-il un endroit où nous pourrions parler tranquillement ?

Il avait perdu la mémoire, mais pas son charme ni son incroyable pouvoir de séduction.

Nora frissonna intérieurement. Il voulait des réponses et il avait réussi à la retrouver. Tout à coup, elle le vit comme un prédateur prêt à tout pour arriver à ses fins.

Dirigeant de nouveau le regard vers la chaussée, elle aperçut son bus, qui tournait au coin pour s'engager dans la rue. Duarte fronça les sourcils.

— Je suis désolée, dit-elle précipitamment, mais je dois m'en aller. J'ai un avion à prendre.

Les larmes se pressaient sous ses paupières, mais elle ne pleurerait pas. Elle ne pouvait pas se le permettre.

— Laissez-moi vous conduire à l'aéroport. Je souhaite vous parler, c'est tout.

Elle contempla le visage de l'homme qu'elle avait aimé. Qu'elle avait *cru* aimer.

Quand elle l'avait perdu, elle avait doublement souffert. Parce que son fabuleux amant était aussi le père que son enfant ne connaîtrait jamais. Pourtant, dans un tout petit coin secret d'elle-même, elle s'était dit aussi qu'elle avait échappé à sa colère. Et que son enfant serait épargné.

Par conséquent, elle devait s'en aller. Et vite. S'éloigner de cet homme dangereux. Il l'avait toujours été pour elle.

À l'instant où elle entrouvrait les lèvres pour lui dire qu'elle n'avait pas envie de répondre à ses questions, une douleur atroce lui laboura tout le bas du corps. Son sac tomba sur le trottoir, elle se tint le ventre à deux mains, et la souffrance lui coupa le souffle.

— Ça va ?

Nora entendit la voix résonner à côté d'elle, et une main lui prit le coude. Elle repoussa Duarte, incapable de le regarder en face. Il fallait qu'elle monte dans ce bus avant que les hommes de son père rappliquent. Elle devait quitter Rio sans attendre.

— *Meu Deus*, vous êtes enceinte ! s'exclama soudain Duarte.

— Quelle perspicacité ! fit-elle, les mâchoires crispées.

— Il faut vous conduire à l'hôpital ?

— Non… Je viens de soulever des cartons lourds et… Enfin, bref ! Je quitte Rio aujourd'hui.

Se concentrant sur sa respiration, Nora pria pour qu'il s'agisse d'une réaction due au choc causé par la réapparition de Duarte. Son corps lui rappelait qu'elle devait se ménager, voilà tout.

Le bus se rapprochait de l'arrêt.

— Ça va aller, merci. Je dois rejoindre l'aéroport maintenant, sinon, je vais rater mon avion.

Contournant Duarte, elle leva la main pour faire signe au conducteur, mais une nouvelle vague de douleur déferla dans son ventre, si intense qu'elle poussa un cri et s'agrippa au premier support venu : un bras ferme et musclé.

À l'instant où elle priait pour que le bébé n'ait pas choisi de venir au monde maintenant, elle sentit un liquide chaud couler entre ses jambes.

Non. Cela ne peut pas arriver. Pas maintenant.

Elle ferma les yeux et laissa échapper une plainte en serrant les paupières de toutes ses forces. Les vagues se succédaient sans répit, et la douleur devenait insupportable…

— Je crois que j'ai perdu les eaux.

2.

Nora entendit vaguement le bus ralentir et s'arrêter à leur hauteur, puis un homme lui demander si elle avait besoin d'aide.

— Non, merci, répondit la voix de Duarte, péremptoire.

Quand elle rouvrit les yeux, le bus avait disparu, et elle se cramponnait toujours au bras de Duarte. Sans cela, elle se serait effondrée sur place.

— Vous voulez que j'appelle quelqu'un ? Le père du bébé ?

Refoulant un sanglot, Nora secoua la tête. Elle commençait à comprendre la gravité de la situation.

Duarte fronça les sourcils et baissa les yeux sur la petite valise.

— Vous pouvez marcher jusqu'à ma voiture ? Je vous emmène à l'hôpital.

Incapable de protester, elle se laissa entraîner lentement vers le véhicule. Juste au moment où elle arrivait devant la portière côté passager, une nouvelle douleur la terrassa.

— C'est trop tôt… L'accouchement est prévu pour dans quatre semaines et demie. Et il ne doit pas avoir lieu ici, dans cette ville.

Duarte ôta son manteau et lui en enveloppa les épaules, puis il l'aida à monter en voiture. Après s'être penché pour boucler délicatement la ceinture de sécurité, il la regarda dans les yeux. Une onde de chaleur se répandit aussitôt en elle, comme autrefois.

— Essayez de vous détendre, d'accord ?

— Vous dites cela pour mon bien ou pour le vôtre ? murmura-t-elle en fermant les yeux.

Un petit rire de gorge lui répondit, terriblement sexy.

— Je vais m'installer au volant, OK ?

Elle rouvrit les yeux et contempla celui dont elle s'était crue éperdument amoureuse et qui ignorait maintenant tout d'elle.

C'était insensé. Il n'aurait pas dû se trouver là avec elle, alors qu'elle allait mettre son enfant au monde.

Leur enfant.

— Je ne peux pas…, murmura-t-elle en refermant les yeux.

Il fallait qu'elle se calme. Qu'elle se rassure. Elle devait s'en sortir. Assurer sa propre sécurité et celle du bébé.

Une main chaude couvrit la sienne, et elle rouvrit les yeux. Duarte la contemplait avec douceur et bienveillance.

— J'avais tellement peur de vivre cela toute seule…, ne put-elle s'empêcher de chuchoter.

— Vous n'êtes pas seule, répliqua-t-il en resserrant brièvement la main sur la sienne.

Puis il alluma le moteur, qui vrombit puissamment.

— Si ma mémoire ne me joue pas de tour, je vous dois la vie, Nora. Je ne vous abandonnerai pas.

Duarte traversa en trombe le hall de l'hôpital avec son précieux fardeau dans les bras. Par chance, le trajet avait été rapide, la circulation étant étrangement fluide pour une ville comme Rio. Néanmoins, il avait craint de ne pas arriver à temps. Il était connu pour repousser toutes les limites, mais il n'avait pas vraiment prévu de devoir aider une femme à accoucher sur le siège d'une Bugatti de location.

Cet hôpital n'était pas le plus proche mais, quand Nora lui avait dit qu'elle s'était fait suivre pour sa grossesse dans un dispensaire situé dans l'un des quartiers les plus pauvres de la ville, il avait été envahi par un étrange instinct protecteur dont l'intensité l'avait fait suffoquer.

Il s'était dit que Nora Beckett étant un témoin capital pour son enquête, il devait la protéger et s'occuper d'elle s'il voulait qu'elle lui fournisse les informations dont il avait besoin.

Dès qu'elle fut installée sur un lit, des infirmières procédèrent à quelques examens. Nora paraissait souffrir atrocement. Alors que les contractions se succédaient à un rythme de plus en plus rapide, elle répétait, les yeux brillants, qu'elle devait *absolument* se rendre à l'aéroport.

Duarte surprit les regards inquiets échangés par les infirmières alors qu'elles prenaient sa tension artérielle. Soudain, tout se précipita. L'une d'entre elles appuya sur un bouton, une lumière rouge s'alluma et, un instant plus tard, plusieurs personnes en blouse blanche entrèrent dans la pièce.

Nora n'avait pas cessé de lui agripper la main, et ses ongles s'enfonçaient dans sa paume. L'air complètement paniqué, elle regardait tour à tour les membres de l'équipe qui procédaient à de nouveaux examens. Brusquement, elle creusa les reins et arqua le dos en poussant un juron étouffé, puis renversa la tête en arrière, manifestement assaillie par une vague de douleur encore plus violente que les précédentes.

Médusé, Duarte contempla la beauté farouche de cette jeune femme, sa chevelure luxuriante qui se répandait en ondulations aux reflets cuivrés autour de son visage. Il ne la connaissait pas et pourtant il participait à l'un des moments les plus intimes de sa vie. Un puissant désir de la rassurer s'empara de lui, mais il y résista et se contenta de lui tapoter doucement le dos de la main.

La douleur parut décroître. Nora se détendit un peu et le regarda. Ses yeux avaient la couleur du ciel après une tempête en mer : gris, avec des reflets argentés dans un anneau bleu foncé. Fasciné, Duarte remarqua à peine qu'elle fixait maintenant sa main et fronçait les sourcils en voyant les quatre marques rouges laissées par ses ongles.

— C'est moi qui ai fait cela… ? murmura-t-elle, horrifiée.

Il se pencha pour lui chuchoter à l'oreille :

— Ne vous inquiétez pas pour moi. Ma main vous appartient aussi longtemps que vous en aurez besoin. Même si je dois avoir les doigts écrasés…

L'ombre d'un sourire passa sur les lèvres de la jeune femme tandis qu'elle secouait la tête.

Alors, Duarte se mit à rire. Ce fut plus fort que lui. La journée avait pris un tour si incroyable, si fou !

Lorsque, l'air surpris, elle le dévisagea par-dessous ses longs cils épais, il fut traversé par une forte impression de déjà-vu. Il se concentra pour tâcher de conserver la sensation, mais celle-ci avait déjà disparu.

Pourquoi avait-il le sentiment que cette femme était la clé qui lui permettrait d'ouvrir un compartiment obscur de sa mémoire ?

Une jeune infirmière apparut, se présenta et expliqua à Duarte qu'il y avait quelques formalités à remplir.

Nora se raidit, l'air affolé.

— Non ! Ce monsieur doit s'en aller, je ne…

La phrase s'acheva dans un cri déchirant tandis qu'elle creusait de nouveau les reins.

— Je ne veux pas qu'il reste ici, vous m'entendez ? reprit-elle d'une voix rauque de douleur.

Duarte recula d'un pas, stupéfait, à l'instant où un autre médecin entrait dans la pièce et annonçait qu'ils allaient l'emmener immédiatement en salle d'opération.

La jeune infirmière lui fit signe de la suivre et se dirigea vers un bureau, où elle lui tendit un formulaire à remplir. Puis elle ajouta en souriant qu'il n'avait pas à s'inquiéter : sa compagne et le bébé étaient en de bonnes mains.

Il n'eut pas le temps de répliquer qu'il n'était pas le compagnon de Nora Beckett, car déjà l'infirmière s'éloignait rapidement et disparaissait dans un couloir.

Eh bien, il n'avait pas le choix… Il devait remplir ce formulaire…

Ne connaissant ni la date de naissance de Nora ni sa nationalité, Duarte fit une entorse à ses principes : il ouvrit le sac à main, puis la valise de la jeune femme.

Pour quelqu'un qui disait vouloir quitter la ville, elle voyageait léger. Aucun papier d'identité dans le sac ni la valise, aucun document indiquant l'endroit où elle comptait se rendre. Elle n'avait même pas de téléphone portable. Déconcerté, il déclara être son plus proche parent et s'engagea à régler tous les frais de son séjour, en précisant qu'il tenait à ce que Nora bénéficie du plus grand confort.

Lorsqu'elle réapparut, l'infirmière tressaillit en lisant son nom, puis elle le dévisagea en silence. Elle regardait la cicatrice, évidemment. Avec tous ces événements inattendus, Duarte avait oublié qu'il était supposé être mort. Le nom des Avelar était bien connu dans cette partie du Brésil, grâce à l'implication de ses parents dans le domaine caritatif. Et puis, la Fondation Avelar était réputée dans le monde entier.

Il sortit du bureau, pressé d'échapper au regard stupéfait de l'infirmière et sachant qu'à un moment donné il serait obligé d'appeler Dani et de lui expliquer pourquoi il avait été vu à Rio, dans un hôpital, en compagnie d'une femme enceinte.

La douleur familière lui lancina l'épaule. Pas étonnant : il avait loupé sa séance quotidienne de natation à cause du long vol, et ses muscles s'en ressentaient.

Une fois installé dans la salle d'attente dont, par chance, il était le seul occupant, il s'efforça d'ignorer la tension qui lui nouait le ventre et repensa à la façon dont Nora Beckett s'était littéralement jetée dans ses bras tout à l'heure.

Elle l'avait cru mort et avait paru bouleversée de le revoir vivant. Elle l'avait donc *connu*. En outre, il aurait juré qu'il avait senti un lien puissant renaître entre eux chaque fois qu'elle l'avait regardé. Cependant, il y avait de la crainte dans les yeux de la jeune femme. Et puis, tout à l'heure, elle avait demandé qu'il quitte l'hôpital.

Pas très logique, comme comportement…

Incapable d'attendre plus longtemps, il ressortit dans le couloir pour essayer d'avoir des nouvelles. Au même instant, la double porte conduisant à la salle d'opération s'ouvrit sur une infirmière portant dans ses bras un paquet enveloppé dans du tissu blanc.

— Je venais vous chercher, dit-elle avec un sourire. Le bébé est en excellente santé. Vous pouvez vous installer dans la chambre de Mme Beckett en attendant son retour.

— Comment va-t-elle ? demanda-t-il en baissant les yeux sur le petit visage à peine visible entre les plis de tissu.

— Ce type d'intervention nécessite une anesthésie générale. Elle n'est pas encore réveillée. Vous venez avec moi ?

Quelques instants plus tard, il entrait dans une vaste chambre individuelle. Le petit paquet fut déposé dans un berceau installé à côté du lit, puis l'infirmière s'excusa et quitta rapidement la pièce.

Quand il se retrouva soudain seul et que le bébé se mit à remuer dans son berceau, Duarte fut envahi par un affreux sentiment d'impuissance.

Les enfants n'avaient jamais vraiment fait partie de sa vie de riche play-boy insouciant…

Lentement, il s'approcha du berceau et contempla le petit visage fripé et les mains minuscules qui s'agitaient dans tous les sens. Sans réfléchir, il se pencha, tendit la main… et sentit son cœur faire un drôle de bond : le petit poing s'était refermé avec force sur son index.

De son autre main, Duarte massa doucement le bébé sur le sternum, ce qui le calma instantanément.

— Et voilà, murmura-t-il. Si ça te fait du bien, tu peux me serrer le doigt autant que tu voudras, petit coquin. Et ne t'inquiète pas : ta maman sera bientôt là.

Nora ouvrit les yeux et battit des paupières.

Elle rêvait…

Ces six derniers mois, elle avait souvent rêvé de Duarte qui, le regard pétillant de joie et de fierté, tenait leur nouveau-né dans ses bras et lui souriait avec amour.

Elle referma les yeux, sûre de voir disparaître la vision

enchanteresse d'un homme magnifique en chemise gris perle berçant contre lui un tout petit bébé au fond d'une chambre luxueuse, les manches roulées sur les avant-bras. Elle se rappela la façon dont elle s'était jetée dans ses bras, puis cramponnée à lui…

Alors que de son côté il ne se souvenait pas du tout d'elle.

Une larme glissa sur sa joue. Peut-être était-ce mieux ainsi pour tous les deux.

Non, pour tous les trois.

La voix masculine la tira de sa méditation.

— Vous êtes réveillée… Attention, l'infirmière a dit que vous ne deviez pas vous asseoir sans aide.

— Mon bébé…, commença Nora, la bouche affreusement sèche. Donnez-le-moi !

Elle avait haussé le ton malgré elle, incapable de dominer la panique qui l'avait envahie.

Duarte fronça les sourcils, mais se rapprocha aussitôt du lit et lui déposa doucement le bébé sur la poitrine. Baissant les yeux, elle vit pour la première fois le visage de son fils.

— L'infirmière vient de lui donner le biberon et m'a demandé de le tenir pendant quelques instants.

— Merci…

Elle n'avait pas été la première à nourrir son enfant, songea Nora avec tristesse. Avant de se reprocher aussitôt sa faiblesse. Elle devrait plutôt se réjouir qu'ils soient tous les deux en bonne santé. Ses rêves d'accouchement naturel s'étaient envolés dès que le médecin lui avait expliqué qu'elle souffrait d'une prééclampsie sévère nécessitant une anesthésie générale et un accouchement par césarienne.

Cela expliquait ses maux de tête persistants, ses fortes douleurs en dessous des côtes… Elle avait de la chance qu'ils soient tous les deux en vie. Et d'avoir pu arriver à temps à l'hôpital.

Si elle avait été seule…

— Mon amour, mon petit Liam, chuchota-t-elle en lui effleurant le dessus de la tête avec les lèvres.

Il était beau, si minuscule… et si vulnérable…

— Liam ? fit Duarte. Ce n'est pas courant, comme prénom.

— C'est le diminutif irlandais de William, chuchota Nora, le regard toujours fixé sur son fils.

Doucement, elle caressa les doigts minuscules, les joues bien rondes et le petit nez. Il était parfait.

— Pour nous, c'est Gill. Mon père l'avait adopté - il s'appelait Guillermo.

Elle s'interdit de regarder Duarte. Il ne fallait pas qu'il sache qu'elle avait choisi le prénom de son fils en hommage au grand Guillermo Avelar.

— Vous avez des origines irlandaises ? poursuivit-il. Le portugais est de toute évidence votre langue maternelle, mais la couleur de vos cheveux…

Nora leva les yeux et se demanda un instant s'il lui tendait un piège.

— Je l'ai héritée de ma mère irlandaise, répliqua-t-elle avec un calme qu'elle était loin de ressentir. Mais j'ai toujours vécu ici, si bien que je suis bilingue depuis ma naissance, ou presque.

— Ici… À Rio ?

— Non, répondit-elle brièvement.

Il la dévisagea quelques instants en silence avant de hocher la tête. Puis il fit quelques pas en direction de la fenêtre et se retourna. Nora ne put s'empêcher de le dévorer des yeux. Son beau visage se découpait sur fond de ciel bleu, elle se rappelait les moindres contours de son corps superbe…

Comment Duarte pouvait-il avoir tout oublié des moments qu'ils avaient partagés ? Elle lui avait parlé du travail de sa mère, écologiste engagée, et du village d'Amazonie où elle était née. De son côté, il lui avait raconté toutes sortes d'anecdotes sur son enfance brésilienne, avant le départ de sa famille pour l'Angleterre.

Jamais encore Nora n'avait ressenti un lien aussi puissant avec quelqu'un, une telle liberté. Elle disait tout ce qui lui passait par la tête sans craindre de lui déplaire. Il paraissait si bienveillant, si attentif à l'époque ! Avant que tout devienne complètement tordu entre eux et que la colère de Duarte fasse de lui un homme froid et distant.

Il avait juré de la retrouver, de la traquer sans répit et de les faire arrêter, elle et son père. Nora se rappelait encore la rage qui étincelait dans ses yeux lorsque les hommes de Lionel Cabo l'avaient empoigné pour le traîner vers la porte.

Sans doute ne se souvenait-il pas de ces instants abominables, ni des événements qui y avaient conduit, mais à l'évidence il était toujours déterminé à se venger. Sinon, pourquoi serait-il revenu à Rio et pourquoi aurait-il souhaité l'interroger ?

Comment aurait-il réagi s'il avait appris qu'elle détenait des preuves suffisantes pour faire enfermer Lionel Cabo jusqu'à la fin de ses jours ? Sur la clé USB dissimulée dans la doublure de sa valise, Nora avait de quoi garantir sa propre liberté, mais ces informations confidentielles prouvaient en même temps le lien accablant susceptible de se retourner contre elle.

Faire confiance à Duarte autrefois avait conduit au drame, à la trahison. Oserait-elle lui demander de l'aide, sachant qu'il pourrait se servir de son passé contre elle ?

L'espace d'un instant, elle eut envie d'oublier toute prudence et de lui révéler que Liam était son fils. Si elle lui expliquait tout, il comprendrait peut-être qu'elle n'avait rien de commun avec son père. Elle avait commis son lot d'erreurs, certes, mais elle n'était pas la criminelle impitoyable qu'il l'avait accusée d'être.

Brusquement, elle se rappela les paroles haineuses qu'il lui avait adressées et se vit moisir en prison. Elle était mère, à présent, elle avait un fils à élever, elle ne pouvait se permettre de prendre aucun risque.

— J'espère que vous ne m'en voulez pas de vous avoir amenée dans cet hôpital, dit-il en embrassant du regard la vaste chambre lumineuse. J'ai fait la connaissance du directeur par le biais de la Fondation Avelar. C'est l'un des meilleurs établissements de Rio.

— Je ferai tout mon possible pour vous rembourser…

Il repoussa aussitôt cette proposition d'un geste de la main. Duarte Avelar n'était pas seulement riche, il était puissant. Sans doute employait-il en permanence une équipe d'avocats de très haut niveau. S'il retrouvait un jour la mémoire, s'il se souvenait de la machination à laquelle elle avait participé…

— Nora…, commença-t-il de sa voix profonde et douce. Aviez-vous une raison de quitter la ville aujourd'hui, seule et dans cet état particulièrement vulnérable ?

— Cela ne vous regarde pas, déclara-t-elle sèchement.

Mais à quoi bon faire semblant d'être forte, de n'avoir aucun problème, alors qu'elle était en effet seule et vulnérable et que son interlocuteur en avait bien conscience. Mieux valait se concentrer sur le peu de pouvoir qu'il lui restait et tout faire pour le conserver.

Elle tourna les yeux vers la seconde fenêtre et réfléchit à un éventuel plan de fuite.

Les hommes puissants et fortunés comme Duarte ne renonçaient pas à leur enfant. La mère de Nora l'avait appris à ses dépens lorsque son mari s'était servi de leur fille comme moyen de pression et de contrôle.

— J'ai dû fouiller dans votre sac pour pouvoir remplir le formulaire d'admission, dit-il tout à coup. J'ai été étonné de voir que vous emportiez aussi peu de bagages. Et que vous n'aviez ni téléphone portable ni passeport.

— J'ai dû les oublier à l'appartement.

Le mensonge était sorti tout seul… Et Nora était soulagée qu'il n'ait pas découvert la poche dissimulée dans la doublure de la valise, qui renfermait le reste de ses économies, la clé USB, son passeport et son billet d'avion.

— C'est ce que j'ai pensé… J'ai demandé à l'un de mes assistants de s'y rendre et de vous les rapporter.

Nora se retint de hurler. Duarte l'observait avec attention. Il avait perdu la mémoire, mais avait à coup sûr gardé son esprit aiguisé. Son assistant avait dû lui dire qu'il avait trouvé l'appartement vide et appris qu'elle avait été expulsée sans préavis.

— Que voulez-vous savoir, au juste ? demanda-t-elle d'un ton détaché.

Alors qu'en réalité elle avait l'impression de marcher sur une corde raide, au-dessus d'un précipice dans lequel ses mensonges risquaient de la faire basculer à tout instant.

— Il paraît que votre propriétaire avait l'air terrifié et qu'il a refusé de préciser le motif de votre expulsion. En fait, il semble être inquiet pour vous et ignore manifestement tout de votre grossesse. D'après lui, vous ne sortiez quasiment jamais de chez vous. Et ce, depuis des mois…

Nora sentit le pouls lui battre les tempes et des gouttes de sueur perler à son front. Comment expliquer à Duarte qu'elle n'avait pas eu le choix ? Qu'elle avait dû rester enfermée dans son appartement sordide pendant des mois, en effet, plutôt que de laisser les hommes de son père voir qu'elle était enceinte ? Celui-ci aurait aussitôt compris qui était le géniteur de l'enfant qu'elle portait, et il n'aurait pas hésité à se servir de cette information contre elle. Il savait si bien la dominer, la manipuler… C'était l'une de ses spécialités.

Elle était venue à Rio pour la première fois à dix-huit ans, affreusement naïve et forte des merveilleuses promesses de son père. Quand il avait exigé qu'elle renonce *immédiatement* à ce style vestimentaire *ridicule* et à cette tignasse *impossible*, elle n'avait pas bronché. Lorsqu'il avait fait venir des stylistes pour la rendre plus présentable, elle avait bêtement pris cela pour une marque d'affection.

Ensuite, il avait commencé à lui demander de glaner quelques informations par-ci par-là. Comme elle les lui rapportait sans difficulté, Nora s'était vue récompenser par d'autres attentions et divers présents. Jamais elle ne s'était sentie aussi heureuse, aussi choyée. Alors qu'en réalité il la formatait dans le but de la faire travailler pour son organisation, lui apprenant les combines dont elle aurait besoin pour rejoindre son réseau d'informateurs.

Elle avait obéi à tous ses ordres et réussi toutes ses missions. Jusqu'à Duarte.

Entre son père et celui-ci, lequel des deux lui avait fait le plus de mal ? se demanda-t-elle soudain.

— J'ai le sentiment que nous nous connaissions déjà, Nora. Étions-nous amis ?

Les yeux aux reflets ambrés fouillaient son visage avec une acuité qu'elle eut du mal à supporter.

— Si vous avez des ennuis, poursuivit Duarte, je pourrais peut-être vous aider.

— Je n'ai pas d'ennuis, affirma-t-elle. Et non, vous n'êtes pas mon ami.

— Dans ce cas, la réaction que vous avez eue lorsque vous m'avez vu réapparaître est encore plus surprenante.

Nora se rebiffa d'instinct. Il avait des soupçons. Elle le voyait à son regard, au ton supérieur de sa voix.

Comme pour corroborer cette impression, il se redressa de toute sa hauteur et les regarda tour à tour, elle et le bébé.

— Vous avez eu une rude journée. J'ai toujours besoin de parler avec vous, mais j'attendrai que vous soyez rétablie.

— Êtes-vous revenu à Rio pour trouver des réponses… Ou pour vous venger ?

Elle le dévisagea en retenant son souffle, consciente que les paroles qu'il allait prononcer seraient déterminantes pour leur avenir.

— Vous me voyez comme une menace, Nora ? demanda-t-il en haussant les sourcils.

— Vous n'avez pas répondu à ma question.

Son cœur battait à un rythme saccadé, et elle était épuisée, mais elle devait aller jusqu'au bout, en avoir le cœur net. Sa sécurité et celle de son fils étaient en jeu.

Elle se força à soutenir le regard de Duarte, remarquant malgré elle la ressemblance entre le beau visage viril et celui, en miniature, du bébé blotti contre sa poitrine.

Après un moment d'hésitation, il se tourna vers la fenêtre, puis de nouveau vers elle, le regard empli d'ombres et de ténèbres.

— Je suis revenu pour découvrir ce qui s'est réellement

passé dans ce chantier abandonné. Pour l'instant, c'est tout ce qui m'intéresse.

Pour l'instant. Nora perçut la menace contenue dans ces deux mots. Duarte ne le savait pas encore, mais il était sur la bonne voie. Il ne renoncerait pas. Il ne lui pardonnerait jamais d'avoir joué un rôle dans ce scénario ignoble, que ce soit de son plein gré ou non.

Le silence devint plus pesant. Le temps semblait s'être arrêté tandis que Duarte continuait à l'observer. Soudain, il entrouvrit la bouche, puis la referma et se détourna pour se rapprocher de la fenêtre.

Il avait minci, mais sa carrure demeurait impressionnante. Nora s'imprégna de la vision de la haute silhouette immobile qui se détachait sur le ciel bleu. C'était la dernière fois qu'elle le voyait. Il fallait que ce soit la dernière fois…

— Je vais vous laisser vous reposer quelques jours, annonça-t-il avec calme en la regardant de nouveau. Je ne suis pas cruel au point de vous interroger alors que vous devez être exténuée. Mais *j'obtiendrai* mes réponses, Nora.

Un frisson la traversa. Cette fois, la menace était claire.

— Étant donné que vous n'avez pas de téléphone, voulez-vous que je prévienne quelqu'un ? ajouta-t-il.

Il baissa les yeux sur le visage de Liam qui dormait paisiblement.

— Qui est son père ?

3.

Nora tressaillit. Une émotion terrible lui nouait la gorge. Elle prit une profonde inspiration, prête à proférer un nouveau mensonge… Mais l'infirmière entra soudain dans la chambre en souriant et lui prit le bébé pour le recoucher précautionneusement dans son berceau près du lit. Ensuite, elle posa quelques questions à Nora en cochant au fur et à mesure des cases sur une fiche.

Immobile à la fenêtre, Duarte l'observait en silence. Et lorsque l'infirmière quitta la chambre après lui avoir repris sa tension Nora regretta de ne pouvoir la supplier de rester. Afin de retarder le moment de répondre à la question fatidique.

— Qui est le père du bébé ? répéta Duarte.

Redoutant de croiser son regard, elle lissa le drap sur sa poitrine. Il fallait trouver un mensonge crédible. Toutefois, elle avait beau se creuser la tête, rien ne lui venait.

— Je suis mère célibataire, déclara-t-elle finalement. Je n'ai pas de famille à Rio.

Le silence retomba. Que pensait-il d'elle, de sa situation ? La jugeait-il ? se demanda-t-elle, le cœur battant à tout rompre.

Elle se traita d'idiote. Elle n'allait tout de même pas se préoccuper de l'opinion d'un homme qui n'avait jamais eu de problèmes matériels ni souffert de la cruauté d'un père criminel.

Elle posa la main sur le bord du berceau. Elle devait

convaincre Duarte de partir, de les oublier, elle et Liam. Et, une fois qu'il serait retourné à ses affaires et à sa vie, elle pourrait revenir à son projet initial.

À la pensée de ne plus jamais le revoir, elle sentit son cœur se serrer douloureusement, mais elle refoula la souffrance. Parce qu'elle devrait survivre après l'avoir perdu à nouveau. Pour son fils.

— Vous dites que vous voulez des détails sur ce qui s'est passé cette nuit-là ? s'enquit-elle à la hâte. Eh bien, je mettrai par écrit tout ce dont je me souviens et je vous l'enverrai.

Il croisa les bras en fronçant les sourcils, et elle regretta amèrement de ne pas pouvoir tout lui dire, le supplier de les emmener, elle et Liam, loin de Rio, hors d'atteinte des machinations de son père. Dans un endroit où elle oublierait toutes les erreurs qu'elle avait commises et qui la hantaient.

Cependant, elle ne pouvait lui faire confiance. Elle ne pouvait pas remettre le sort de son fils entre les mains de Duarte Avelar ni compter sur sa pitié. Elle devait être forte, même si elle savait qu'elle n'avait pas le droit de lui cacher la vérité.

— On dirait que vous avez peur de moi…, commença-t-il soudain d'une voix sombre. Je ne représente aucun danger pour vous, vous pouvez me faire confiance.

— Je ne fais confiance à personne. Surtout pas aux hommes comme vous.

Les derniers mots lui avaient échappé. Duarte la dévisagea en silence, les mâchoires crispées, le regard dur.

— Partez maintenant, *s'il vous plaît…*

Elle ferma les yeux et pria pour qu'il l'écoute, pour qu'il s'en aille en emportant tous les souvenirs ravivés par sa réapparition. En même temps, elle lutta contre le désir de lui tendre les bras, de le supplier de rester, de la serrer contre lui une dernière fois.

Quand elle rouvrit les yeux, il avait disparu.

Elle ne pleura pas, mais tout devint flou autour d'elle. Et quand elle se mit à contempler le plafond elle eut l'impression de s'abîmer dans le néant.

Duarte traversa le hall d'accueil et sortit de l'hôpital avant de s'arrêter sur le parvis, où il demanda à l'un de ses agents de sécurité de rester jusqu'à nouvel ordre. Afin de protéger Nora Beckett ou de s'assurer qu'elle ne s'enfuie pas ? Il n'en savait trop rien. En revanche il était certain d'une chose : cette femme mystérieuse avait peur. De quoi ? De qui ?

Il ne pouvait s'empêcher de penser que c'était de lui.

Le retour à la villa perchée sur les collines se passa dans une sorte de brouillard. Il avait acheté la propriété quelques années plus tôt, mais n'y avait jamais séjourné longtemps. Véritable chef-d'œuvre conçu par un architecte de réputation mondiale, sa beauté reposait sur un équilibre harmonieux entre lignes pures, transparences et espaces ouverts. Chaque élément de la structure avait été choisi de manière que la villa s'intègre naturellement dans les parois rocheuses qui l'entouraient.

Ayant lui-même appris en autodidacte à concevoir et construire des bateaux, en étudiant les réalisations des grands maîtres et en se fiant à son instinct de créateur, Duarte appréciait le design sous toutes ses formes. D'ordinaire, le simple fait de contempler cette villa suffisait à l'emplir d'émerveillement et d'admiration, mais ce jour-là il ne voyait qu'une accumulation de béton et de verre.

Après s'être garé dans le garage souterrain, il resta assis sur son siège à contempler le mur et ressentit soudain le besoin irrépressible d'empoigner une bouteille de *cachaça* et de boire jusqu'à sombrer dans l'oubli total. Mais c'était une mauvaise idée, évidemment. S'enivrer ne résoudrait rien.

Peut-être devrait-il plutôt aller faire un tour en ville. Les bars seraient remplis de superbes créatures qui se montreraient ravies de l'aider à oublier ses ennuis… Mais non, cela faisait trop longtemps qu'il ne fréquentait plus ce genre d'endroits. Il ne saurait même plus comment draguer une femme, aussi ravissante et sexy soit-elle.

Après s'être réveillé à l'hôpital des mois plus tôt, il s'était entièrement consacré à son rétablissement puis, plus récemment, à son projet de vengeance. Mais peut-être avait-il besoin de s'offrir un peu de bon temps, pour se débarrasser de la tension nerveuse qui refusait de le quitter depuis qu'il avait commencé à rêver de la femme à la chevelure flamboyante. La femme qui lui avait sauvé la vie.

Nora Beckett.

Refusant de penser à elle, il remonta pour gagner le vaste hall d'entrée. Il venait d'y accéder lorsque son smartphone sonna dans sa poche. Il regarda le nom qui s'affichait et répondit aussitôt au vieil ami de son père.

— Bonjour, Angelus. Tout va bien ?

En fait, Angelus Fiero était curieux de savoir comment s'était passée sa rencontre avec la mystérieuse inconnue et il désirait aussi s'excuser d'avoir cru qu'elle n'était que le fruit de l'imagination de Duarte.

— C'est sans doute elle qui m'a alerté cette nuit-là, dit-il d'une voix songeuse. J'ai reçu un SMS de ton numéro personnel m'indiquant l'adresse du chantier naval et précisant que tu étais en grand danger. Valerio et toi aviez disparu depuis quinze jours à ce moment-là.

Si seulement il n'avait pas perdu la mémoire et se rappelait sa captivité ! Ne lui restaient que ses cicatrices et le regard hanté de Valerio. Son meilleur ami avait refusé d'entrer dans les détails, arguant qu'il valait mieux pour lui qu'il ne sache pas tout.

Nora était celle qui l'avait sauvé. Mais pourquoi avait-elle disparu ?

Soudain, il se dit qu'ils avaient peut-être été ensemble. Peut-être avait-elle été enlevée, elle aussi… Mais, dans ce cas, Valerio aurait fait allusion à elle.

Angelus interrompit ses interrogations en se lançant dans un compte rendu détaillé des derniers développements de l'enquête qu'ils avaient entreprise ensemble.

Le politicien véreux qui avait financé l'enlèvement avait déjà été neutralisé. Blessé lors d'un affrontement avec Angelus, qui avait lui-même failli y laisser sa peau, il avait en effet pu être arrêté facilement. Toutefois, s'ils détenaient la preuve que cet homme n'avait pas agi seul, ils ignoraient encore qui tirait les ficelles de l'opération, laquelle visait à mettre la main sur des terrains appartenant à la famille Avelar et faisant partie du vaste projet d'habitat social géré par la Fondation, à Rio et à Sao Paulo. Le sort de dizaines de milliers de locataires était en jeu.

Heureusement, Angelus avait pris les dispositions nécessaires pour empêcher toute cession de ces terrains.

Duarte ne lui avait pas encore dit qu'il se souvenait d'avoir déjeuné avec ce politicien un peu plus d'un an avant son enlèvement. Étant donné que son vieil ami avait frôlé la mort dans un affrontement avec le type en question et qu'il avait du mal à se remettre de sa blessure, il craignait qu'une telle révélation ne soit mal accueillie.

Pourtant, il ne cessait d'y penser. Pourquoi avoir rencontré un homme si ouvertement opposé au travail des Avelar ? Leur refus de vendre ou d'autoriser l'exploitation de ces terrains avait été la cause de conflits interminables remontant à l'époque où son père avait lancé la Fondation. Ses parents avaient épousé la cause des plus vulnérables et construit des logements de qualité qui leur étaient destinés. Au grand dam de la poignée de promoteurs corrompus qui convoitaient ces terrains pour les transformer en luxueux complexes touristiques.

Duarte se rappelait vaguement les mois qui avaient précédé son enlèvement. À l'époque, il était fatigué de partager ses activités entre Velamar et Nettuno, la filiale créée par lui-même et qui avait produit le tout premier méga-yacht *Sirinetta*. Lorsque la Fondation avait eu besoin de lui à la suite d'un scandale lié à des questions de sécurité incendie, il avait été furieux.

Une fois à Rio, il avait eu l'occasion de boire quelques verres avec le politicien, et celui-ci en était venu à lui demander s'il ne pourrait pas envisager de vendre *une partie* de ses terrains, en s'arrangeant pour qu'ils restent officiellement au nom des Avelar. Duarte n'aurait jamais accepté ce genre de magouille, évidemment. D'autant qu'il avait déjà assez de mal à gérer l'héritage de ses parents en plus de ses activités professionnelles.

Ensuite, il se rappelait vaguement avoir quitté Rio.

Ses souvenirs s'arrêtaient là, mais son passeport attestait qu'il y était retourné trois fois après ce voyage. Dans quel but ? Il n'en avait manifestement parlé à personne, et maintenant il allait devoir faire part de ses soupçons à Angelus... Lui avouer qu'il était probablement à l'origine de cet enfer.

Il entra dans sa chambre, se déshabilla rapidement, enfila son caleçon de bain et se dirigea vers la piscine à débordement. Quelques instants plus tard, il fendait l'eau claire d'un crawl puissant. Le soulagement fut immédiat. Seule la natation parvenait à apaiser le mélange de rage et d'anxiété qui pulsait sans discontinuer en lui. Mais ce soulagement n'était hélas que temporaire.

Réapprendre à marcher, à bouger, avait été un véritable cauchemar, mais il y était parvenu grâce à une détermination et un acharnement farouches. L'équipe de physiothérapeutes qui le suivaient en avait été estomaquée.

Ses souvenirs avaient disparu, mais pas la connexion avec l'eau, le besoin de nager et de naviguer.

Il marchait sur la plage lorsqu'un couple d'inconnus s'était avancé à sa rencontre, avant de se présenter comme étant sa sœur et son meilleur ami. Duarte était demeuré silencieux tandis qu'ils lui parlaient - sans doute pour évaluer jusqu'à quel point il avait perdu la mémoire. Il avait alors appris qu'il avait été un nageur de compétition et un fan de voile durant toute son adolescence et que, plus tard, il en avait fait son métier, se lançant avec son ami dans la construction de yachts de luxe et créant une petite société devenue maintenant l'une des plus importantes de ce secteur d'activité.

Ces révélations auraient dû lui suffire ; il n'était plus un individu anonyme seul au monde. Et pourtant il demeurait hanté par la pensée qu'un élément vital lui échappait. Qu'il avait quelque chose à accomplir avant de pouvoir trouver la paix et accepter sa survie pour ce qu'elle était : une seconde chance.

Duarte se hissa hors de l'eau avec le minimum de douleur et offrit bientôt le visage au jet brûlant de la douche extérieure. La chaleur achevait de détendre ses muscles, étape indispensable pour qu'il puisse s'endormir sans somnifères.

Les puissants antalgiques qu'on lui avait prescrits sur l'île étaient vite devenus une béquille dangereuse. Après son réveil à l'hôpital, la souffrance l'avait tenaillé sans répit, doublée d'une profonde anxiété qui l'empêchait de dormir et de s'alimenter. Petit à petit, il en était arrivé à ne plus pouvoir se passer de ces antidouleurs, qui lui offraient un soulagement éphémère, et il avait commencé à augmenter les doses pour obtenir le maximum d'effet. Heureusement, les infirmières avaient reconnu les symptômes de la dépendance et l'avaient empêché de continuer sur cette pente dangereuse.

Il avait alors remplacé les médicaments par une hygiène de vie adaptée et s'était tourné vers des remèdes naturels. Mais, alors que ce régime faisait désormais partie intégrante de son quotidien, il se sentait toujours dévoré par la même faim intérieure. Comme si un gouffre s'ouvrait en lui et que rien ne parvenait jamais à le combler.

Saisissant une serviette de bain sur la pile, il s'en essuya le torse avant de se la nouer sur les hanches. Il repensa à l'instant où il avait aperçu la femme qui hantait ses rêves. Nora Beckett. La façon dont elle l'avait regardé dans cette rue luisante de pluie, le choc puis le soulagement qu'il avait lus sur ses traits délicats. La force avec laquelle elle s'était cramponnée à lui. Il avait senti quelque chose frémir au plus profond de lui-même, comme si une partie infime de son esprit endommagé s'était réveillée et avait proclamé que cette femme était à lui.

Avaient-ils été amants ? Elle était superbe, avec sa chevelure vibrante et ses immenses yeux bleu-gris aux reflets argentés. La chaleur se déploya en lui à ce souvenir, sans équivoque, jusqu'à ce que Duarte se rappelle qu'au moment où il l'avait retrouvée elle était enceinte d'un autre homme.

S'ils avaient été amants, elle l'avait vite remplacé…

Repoussant les sombres pensées qui lui envahissaient l'esprit, il résolut de se concentrer sur le présent. Nora avait besoin d'aide et vivait dans la crainte. Sinon, elle n'aurait pas envisagé de quitter la ville à un stade aussi avancé de sa grossesse.

Il tressaillit en se remémorant la manière dont il lui avait déclaré qu'il obtiendrait ses réponses. Nora Beckett était une femme forte, c'était évident, et pourtant il avait vu de la vulnérabilité passer sur son visage et dans son regard, et ressenti un désir primaire de la protéger.

Serrant les poings, il se tourna vers le panorama extraordinaire qui s'offrait depuis la piscine et observa les vagues miroiter sous les derniers rayons de soleil. Il prit une inspiration profonde, huma les embruns, puis exhala lentement et continua de se concentrer sur sa respiration jusqu'à ce que le calme revienne en lui.

S'il voulait obtenir des informations de Nora, il devait d'abord gagner sa confiance. Elle venait d'accoucher, elle était vulnérable et avait grand besoin d'aide, mais il pressentait qu'elle n'accepterait pas facilement la sienne. Cependant, il disposait d'un atout de taille : la patience.

Il rentra dans la villa et gagna sa chambre d'un pas décidé.

Il obtiendrait ces renseignements, d'une façon ou d'une autre.

— Vous n'avez pas le droit de me garder ! protesta Nora.

Debout devant le lit, sa valise à ses pieds et Liam couché dans le porte-bébé posé sur la table, elle carra les épaules et soutint le regard du médecin.

— Cela fait déjà une semaine que je suis ici, et vous avez dit vous-même que j'allais beaucoup mieux et que je pouvais m'en aller.

— Vous allez assez bien pour rentrer chez vous, pas pour prendre l'avion, mademoiselle Beckett, répliqua fermement le médecin. Je ne vous laisserai pas prendre un tel risque.

Une prééclampsie nécessite un suivi médical régulier, c'est indispensable. Vous allez devoir rester ici, à Rio, pendant au moins cinq semaines.

— Je ne peux pas rester à Rio… Je n'ai nulle part où aller.

— Mais vous avez indiqué une adresse en arrivant, non ?

Nora baissa les yeux sur le formulaire que lui tendait l'homme et vit le nom de Duarte inscrit en haut de la feuille, suivi de l'adresse de la fabuleuse villa qu'elle connaissait bien pour y être allée de nombreuses fois.

— Ce n'est pas chez moi.

— Nous avons la consigne de vous empêcher de partir.

— Je peux savoir qui vous l'a donnée, cette consigne ? demanda-t-elle en haussant le ton.

Tournant les yeux vers la porte, elle vit le garde du corps apparaître sur le seuil.

— Quelqu'un vous a demandé de me garder ici ? reprit-elle à l'adresse du médecin.

— Oui, moi.

Le garde du corps avait disparu, remplacé par Duarte, superbe dans un costume bleu marine et une chemise bleu ciel. Décidément, elle n'avait pas de chance ! Il était encore plus beau qu'autrefois, alors qu'elle-même avait une mine épouvantable.

— Je vous ai déjà dit que je n'avais pas besoin de votre aide, lui lança-t-elle en redressant le menton.

Duarte adressa un petit signe de tête au médecin, qui quitta aussitôt la chambre en refermant la porte derrière lui. Il baissa les yeux sur la petite valise, puis sur le porte-bébé fourni par une infirmière. Nora avait un peu de liquide sur elle, de manière à pourvoir aux achats de première nécessité pour son fils et elle-même, mais elle ne s'était pas attendue à en avoir besoin aussi tôt.

— Vous n'avez pas le droit de prendre des décisions à ma place ! s'indigna-t-elle. Je vous répète que je n'ai pas besoin de votre aide.

— Je suis censé être votre plus proche parent, répliqua-t-il posément. C'est moi que le médecin a appelé pour indiquer que vous vouliez partir, et il m'a dit qu'il était inquiet. Je le suis aussi.

Elle déglutit et croisa les bras en détournant la tête. Elle se sentait à vif ; rien n'allait comme elle l'aurait voulu. Elle n'arrivait toujours pas à allaiter son fils. Et maintenant Duarte réapparaissait, fichant tous ses plans par terre…

Refusant de se laisser intimider, elle le regarda et força un sourire.

— Je ne fais rien de mal, reprit-elle plus calmement. Le médecin a dit lui-même que nous pouvions sortir de l'hôpital, Liam et moi. Le fait qu'il ne m'autorise pas à prendre l'avion contrarie mes projets, c'est vrai, mais je trouverai une autre solution.

— Pour quitter Rio ? demanda-t-il en fronçant les sourcils.

Nora contempla ses mains, accablée par les difficultés qui se dressaient devant elle. Manaus était à trois jours de route. Dans son état et avec un nouveau-né, elle aurait été ridicule d'envisager d'entreprendre un tel voyage. Cela aurait impliqué de recourir aux transports publics et de passer deux nuits dans des motels douteux. En outre, elle avait dépensé presque tout son argent pour racheter un billet d'avion.

— Je dois absolument quitter Rio…

Sa voix avait pris un accent désespéré, mais tant pis. Les hommes à la solde de son père devaient l'attendre dehors. Jamais elle ne s'était sentie aussi impuissante et elle détestait ce sentiment.

— Expliquez-moi pourquoi ! implora doucement Duarte. Êtes-vous en danger ?

Elle se mordit la lèvre et se détourna pour dissimuler son désarroi.

Duarte poussa un juron.

— Nora, vous ne pouvez pas voyager dans votre état et vous le savez très bien. Si vous avez besoin de protection…

Il s'interrompit, comme pour mesurer ses paroles.

— Nous avons environ trois minutes avant le retour du

médecin, qui sera probablement accompagné d'un délégué des services sociaux. Cette personne vous posera des questions pertinentes quant à la façon dont vous comptez vous organiser après avoir quitté l'hôpital avec votre fils.

Sa gorge se noua. Elle se sentait glacée. Il ne fallait pas qu'on fouille dans sa vie, son passé. Pas maintenant. Elle devait se débrouiller pour rester hors d'atteinte de son père.

Elle inspira profondément, horrifiée par la gravité de la situation. Rien ne correspondait à ce qu'elle avait prévu. Tous ses projets étaient à l'eau. Et en plus elle allait être interrogée par les services sociaux et jugée irresponsable, incapable d'élever son enfant, une semaine après sa naissance !

— Je n'habite pas très loin d'ici, dit Duarte avec calme. Vous pourrez rester chez moi jusqu'à ce que vous soyez en état de prendre l'avion. C'est une villa, et vous disposerez d'une suite complètement indépendante et de tout ce dont vous aurez besoin.

— Je ne peux pas prendre l'avion avant cinq semaines…, souffla Nora, désespérée.

— Vous êtes la bienvenue chez moi, répéta-t-il d'une voix douce. Je crois que vous avez joué un rôle essentiel dans ce qui m'est arrivé. C'est grâce à vous si je suis encore de ce monde, et j'aimerais vous aider.

— À quelle condition ?

Elle se força à le regarder et surprit un imperceptible haussement d'épaules.

— Je crois que vous êtes en possession d'informations capitales qui me permettront de poursuivre en justice un criminel très dangereux. Je comprends que cela vous paraisse au-dessus de vos forces pour l'instant et je ne vous poserai pas de questions. Dans l'immédiat, je voudrais vous prouver que je suis digne de votre confiance et je suis prêt à attendre le temps qu'il faudra pour que vous compreniez que vous pouvez vous fier à moi.

Nora se sentit prise au piège entre deux éventualités redoutables. Si elle tentait de partir seule, elle risquait d'attirer l'attention des autorités, et donc de son père, dont les réseaux couvraient toute la ville. L'alternative était d'accepter la proposition d'un homme qui, à tout instant, pouvait se rappeler qui elle était et ce qui s'était passé, et faire s'écrouler tout son univers. L'homme qu'elle avait pleuré pendant six mois et dont elle avait rêvé chaque nuit.

Serait-elle capable de tenir cinq semaines ?

— Je veux que ma réservation soit reportée, déclara-t-elle d'une voix posée.

Et avec assurance. Comme si elle avait *choisi* cette solution...

— Je vais m'en occuper immédiatement.

Au même instant, la porte se rouvrit, et le médecin réapparut, accompagné d'une femme en tailleur sombre qui se présenta comme l'assistante sociale travaillant en lien avec l'hôpital.

Nora se sentit défaillir, mais Duarte, qui s'était rapproché d'elle, lui prit le coude pour la soutenir. Levant les yeux vers lui, elle hocha la tête en réponse à la question muette qui se lisait dans son regard. Une expression de triomphe éclaira fugacement ses traits, puis il se tourna vers le médecin et l'assistante sociale.

Ensuite, tout se passa très vite. Il prit le contrôle de la situation avec une facilité déconcertante et un charme aussi séducteur qu'impérieux.

Lorsque le garde du corps s'empara de sa valise, Nora tenta d'ignorer le sentiment de fatalité qui l'envahissait. Après avoir passé des mois enfermée dans une cage pour échapper à la domination de son père, elle venait de pénétrer de son plein gré dans une autre.

Plus spacieuse et plus confortable, certes, mais une cage.

4.

Une fois à la villa, Duarte chargea la gouvernante de s'occuper de Nora : lui faire visiter la maison, puis l'aider à s'installer dans sa suite, où elle lui servirait le déjeuner avant de la laisser se reposer. Ensuite, il appela son assistante de la Fondation Avelar, jeune maman elle-même, et la chargea d'acheter tout ce qu'il fallait pour un nouveau-né, sans regarder à la dépense.

Désireux de laisser le temps à Nora de s'habituer à la villa, il passa l'après-midi aux bureaux de la Fondation situés en centre-ville et en profita pour régler quelques détails et organiser divers rendez-vous.

Il regagna la villa bien plus tard que prévu, et avec mal au dos et aux épaules. Tout était étrangement silencieux, remarqua-t-il en traversant le hall pour se rendre à la cuisine. S'avançant vers le réfrigérateur, il opta pour une salade composée déjà prête. D'ordinaire, il prenait plaisir à préparer lui-même ses repas, mais ce soir il désirait manger rapidement et aller dormir. Il avait perdu l'habitude des salles de réunion, des contrats âpres à négocier, du brouhaha des conversations… Tout cela le rendait nerveux et lui donnait envie de fuir.

Pourtant, il devait se remettre dans le bain s'il voulait retourner à ses fonctions de P-DG de Velamar. Sa sœur lui avait envoyé par mail les détails concernant l'inauguration de la nouvelle filiale de l'entreprise en Floride, à Fort Lauderdale, laquelle serait suivie d'une semaine d'événements organisés autour de la création de nouvelles liaisons charters, aux États-Unis et aux Antilles.

Un léger bruit le fit sursauter, et il se retourna. Nora était figée près de la porte, un biberon vide dans une main et son minuscule bébé serré contre elle.

— Je peux vous aider ? demanda-t-il en se levant.

— Non, merci.

Tout en berçant son fils dans un bras, elle prépara le biberon avec une dextérité impressionnante. Il embaucherait néanmoins une infirmière puéricultrice dès le lendemain, se promit-il. Nora ne voulait pas de son aide, mais elle accepterait peut-être celle d'une spécialiste des bébés.

— J'espère qu'il ne vous manque rien.

— Vous avez commandé beaucoup de choses…

Elle croisa brièvement son regard.

— Je ne peux pas vous rembourser tout de suite.

— Je ne vous demande rien, je suis heureux de pouvoir vous aider.

— En échange d'informations ?

La question avait été posée d'un ton détaché, mais Duarte ne fut pas dupe.

— Ce que je vous ai dit à l'hôpital, répliqua-t-il en posant les mains sur le comptoir de marbre qui les séparait, je le pensais. Cinq semaines. Je suis patient, Nora. Dans l'immédiat, ma priorité est de veiller à ce que vous soyez en sécurité pendant que vous vous reposez et reprenez des forces. C'est tout.

Elle regagna la porte et s'arrêta. L'éclairage du couloir projetait des reflets cuivrés sur sa chevelure bouclée.

— Et si dans cinq semaines je ne peux pas vous donner les réponses que vous attendez ?

La peur colorait sa voix. En outre, elle avait dit « si je ne *peux* pas », sous-entendant par là que quelque chose ou quelqu'un pourrait l'empêcher de parler.

— J'aimerais que vous songiez à l'étendue de mon pouvoir et que vous compreniez que j'ai les moyens de vous protéger contre la menace qui semble peser sur vous. Je suis en mesure de vous aider, Nora.

Elle secoua la tête, un petit sourire triste aux lèvres.

— Si seulement c'était aussi simple !

Sur ces paroles, elle se détourna et disparut dans le couloir, le laissant seul avec ses pensées.

Préférant ne pas croiser Duarte lorsqu'elle se hasardait hors de sa suite, Nora marchait presque sur la pointe des pieds quand elle devait se déplacer dans la villa. En fait, elle passait ses journées à s'occuper de Liam et appréciait l'aide de la jeune infirmière embauchée par Duarte.

Cette dernière réussit notamment à la déculpabiliser de n'avoir pas pu allaiter Liam, ce qui contribua à l'apaiser. En quelques jours, sa tension redevint normale, et elle retrouva le sourire.

Le premier jour de la troisième semaine, Nora se réveilla à l'aube. Son cœur battait à tout rompre, et elle avait le corps brûlant et la peau moite. Le drap s'était entortillé autour de ses jambes. Elle se redressa sur son séant, scruta l'obscurité et posa la main sur sa poitrine pour essayer de calmer les battements saccadés de son cœur.

Ce n'était pas la première fois qu'elle faisait ce genre de rêve, mais celui-là avait été d'un érotisme encore plus torride que les précédents. Duarte l'avait caressée avec une telle douceur, un tel raffinement… Elle l'avait supplié de ne jamais s'arrêter d'une voix rauque qu'elle ne se connaissait pas. Elle s'était délectée de chaque pression des lèvres expertes, de chaque coup de langue, tandis que la bouche de son merveilleux amant errait lentement sur sa gorge, ses seins, son ventre…

S'efforçant de se ressaisir et de chasser les visions de plus en plus débridées qui défilaient dans son esprit, elle inspira à fond et baissa les yeux sur le berceau installé à côté du lit. Liam dormait comme un petit ange. Délicatement, elle remonta la fine couverture qui avait glissé sur la poitrine toute menue et sentit son cœur se serrer. Il était si petit, si fragile…

Duarte avait tenu parole et la laissait tranquille. Il quittait souvent la villa dès le matin pour ne rentrer que le soir. Sans doute allait-il travailler quelque part en ville. Certains jours, il ne rentrait pas du tout, comme la veille au soir.

Elle se détestait d'être aussi sensible à sa présence et à son absence. Elle faisait de son mieux pour le considérer comme un étranger quelconque, mais sans grand succès. Le fait de séjourner dans cette villa remplie de souvenirs de leur relation passée ne l'aidait pas beaucoup…

Chaque fois qu'elle entrait dans le vaste espace ouvert du rez-de-chaussée, elle se rappelait la première fois qu'elle y était venue. Duarte l'avait embrassée avec passion, et ils n'avaient même pas attendu d'atteindre un lit. Il avait été ébahi de découvrir qu'elle était vierge et avait tenu à lui faire prendre un bain après leur fabuleuse étreinte. Il s'était assis derrière elle dans l'immense baignoire ancienne sur pattes de lion d'où l'on avait une vue grandiose sur l'océan, puis il avait versé du savon liquide dans ses mains et l'avait caressée partout, avec une délicatesse extrême, comme si elle lui était infiniment précieuse.

Par la suite, Nora était revenue souvent à la villa, toujours après que le personnel se fut retiré pour la nuit. Elle vivait dans un monde fantasmatique, imaginant qu'elle finirait tôt ou tard par révéler à Duarte sa véritable identité sans s'attirer sa colère ou ses soupçons.

Et, durant tout ce temps, son père était au courant de ses agissements. Il n'ignorait rien de ses mensonges et de sa trahison. En fait, elle n'avait été qu'un pion.

Elle reposa la tête sur l'oreiller et resta étendue dans l'obscurité silencieuse. Elle se sentait nerveuse. Ce jour-là, en fin d'après-midi, elle était sortie de la villa pour la première fois depuis son arrivée. Mais tout en marchant dans la cour avec Liam blotti contre sa poitrine elle avait cru apercevoir la voiture bleu foncé garée à l'extrémité de l'allée. Paniquée, elle était rentrée en hâte et avait discrètement regardé par la fenêtre. Le véhicule tant redouté était toujours là. Le conducteur n'avait redémarré qu'une demi-heure plus tard. Il avait fait demi-tour et s'était éloigné lentement.

Peut-être se faisait-elle des idées. Elle avait les nerfs à vif à cause de sa captivité. Elle n'était pas vraiment prisonnière, mais elle n'était pas libre de s'en aller. Pas encore.

Incapable de se calmer, Nora renonça à se rendormir, se leva, enfila un peignoir de coton fin et glissa le récepteur du babyphone dans sa poche. Ce précieux gadget avait été livré le lendemain de son arrivée à la villa, accompagné d'une quantité incroyable d'accessoires divers et de vêtements pour elle et Liam. Duarte avait affirmé qu'il était heureux de l'aider, mais elle comptait bien le rembourser un jour. Elle refusait de dépendre d'un homme riche et d'avoir ensuite l'impression de lui devoir quelque chose.

Perdue dans ses pensées, elle avançait dans la maison déserte lorsqu'elle perçut un léger bruit venu de l'extérieur. Elle s'immobilisa aussitôt et tendit l'oreille en retenant son souffle. Le bruit se rapprocha des baies vitrées à l'arrière de la villa. Pétrifiée, elle chercha à l'identifier. Elle distinguait parfaitement celui, plus lointain, des vagues s'écrasant au bas de la falaise, mais il s'agissait d'autre chose.

Le bruit se fit de nouveau entendre. C'était celui de pas sur le gravier, lents et lourds, qui ne ressemblaient en rien à ceux de l'infirmière ou de la gouvernante. De toute façon, ni l'une ni l'autre ne se seraient trouvées dehors au beau milieu de la nuit.

D'instinct, elle recula et plaqua le dos contre le mur. Au même instant, une ombre de haute taille passa devant la baie vitrée. La panique lui noua la gorge, l'empêchant de respirer. Horrifiée, elle entendit un petit clic indiquant que l'on ouvrait la vitre... On avait oublié de la verrouiller... Le cœur battant la chamade entre ses côtes, elle vit le panneau de verre glisser et une silhouette énorme s'avancer...

Duarte n'arrivait toujours pas à y croire. Il se trouvait à moins de dix minutes de la villa lorsque l'un de ses agents de sécurité l'avait averti que deux hommes venaient de s'introduire dans la villa. Ils étaient arrivés peu après minuit dans une voiture bleu foncé et avaient réussi à escalader les grilles de la propriété.

L'agent et lui étaient arrivés au moment où les intrus venaient de maîtriser le second garde chargé de surveiller la maison.

Fou de rage, Duarte avait fondu sur les deux hommes et les avait rossés comme ils le méritaient, à tel point qu'il avait du sang sur ses vêtements. Ensuite, il avait sorti son smartphone et appelé ses enquêteurs pour qu'ils viennent chercher les deux indésirables en vue de les interroger. Il avait laissé ses agents s'occuper du reste, pressé d'aller voir si Nora et le bébé étaient indemnes.

Un détail concernant ces deux brutes lui titillait la mémoire. Au moment où il entrait dans la cuisine plongée dans la pénombre pour boire un verre d'eau, un souvenir rejaillit comme une image sur un écran. Il s'immobilisa, la main posée sur la poignée de la porte, tandis qu'il se revoyait jeté au sol dans une pièce sombre, une odeur de terre humide se mêlant à celle, salée, de la mer. Puis il entendit la voix furieuse de Valerio lui demandant si la femme n'était pas à l'origine de tout.

La femme ?

Duarte se concentra de toutes ses forces, espérant se rappeler d'autres détails, mais les images et les sons se dissipèrent impitoyablement.

Il entendit trop tard un bruit derrière lui. Un objet dur le frappa derrière les genoux, lui faisant perdre l'équilibre et l'envoyant s'affaler sur le carrelage. Lorsqu'il atterrit sur l'épaule gauche, la douleur qui le transperça fut si intense qu'il poussa un rugissement animal.

Quelque chose de blanc bougea dans son champ de vision limité. Quelqu'un essayait de l'enjamber. Poussé par l'instinct de survie qui l'avait aidé à tenir le coup pendant des mois, il tendit le bras et empoigna un mollet nu. La peau était douce comme de la soie, remarqua-t-il, troublé. Il resserra les doigts sur sa prise, mais pas trop fort, et leva les yeux pour tâcher de distinguer son adversaire dans la pénombre.

Celui-ci en profita. En un rien de temps, Duarte se retrouva cloué au sol et sentit l'objet dur et froid s'enfoncer dans son cou. Un parfum familier de lavande lui caressa les narines à l'instant où il reconnaissait son agresseur.

— Nora…, murmura-t-il, choqué de sentir sa libido réagir à la vue de la large portion de peau visible entre les deux pans du peignoir blanc qui s'étaient écartés dans le mouvement.

Il déglutit avec peine.

— Tout va bien. Je…

— Ne bougez pas, l'interrompit-elle en appuyant un genou sur son épaule. Sinon…

— Écoutez-moi, l'interrompit-il à son tour. Je ne suis pas…

— Comment a-t-il appris que j'étais ici ? coupa-t-elle d'une voix rauque de colère.

Duarte se figea. L'impatience de Nora, le jour où elle avait voulu quitter l'hôpital, prenait soudain une tonalité beaucoup plus sombre…

— J'ignore de qui vous parlez…, commença-t-il lentement.

Il retint une grimace de douleur en sentant le genou appuyer impitoyablement sur son épaule blessée.

— Et si je suis ici c'est parce que cette villa m'appartient.

Elle tressaillit, avant de relâcher la pression intolérable de son genou.

— Duarte… ? murmura-t-elle dans un souffle.

— Lui-même.

Quand elle se redressa, il s'efforça en vain de ne pas contempler les longues jambes nues. La lumière jaillit tout à coup, l'aveuglant un instant. Il resta sur le sol. Son bras gauche pendait sur son flanc, et la douleur familière lui vrillait l'épaule, depuis le cou jusqu'à l'omoplate.

Il avait l'épaule déboîtée. Après tous ces mois d'éprouvantes séances de physiothérapie, il connaissait bien les symptômes.

— Je suis vraiment désolée… Je vous ai pris pour quelqu'un d'autre… Pour un cambrioleur.

— Cela vous arrive souvent de vous retrouver confrontée à des cambrioleurs et de les plaquer au sol pour les soumettre à un interrogatoire ?

Quand il voulut se relever, la douleur qui s'intensifia lui coupa le souffle. Il se rassit et s'adossa au mur en laissant échapper un grognement.

— Oh ! mais vous êtes couvert de sang ! s'exclama-t-elle en se rapprochant, horrifiée et inquiète. Qu'est-ce que…

— Vous n'y êtes pour rien, l'interrompit Duarte, les mâchoires serrées. Je me suis battu.

Par pur orgueil mâle, il aurait aimé pouvoir se passer de l'aide de Nora. Il préférait mourir de douleur plutôt que de reconnaître sa faiblesse. Toutefois, lorsqu'elle se pencha et lui posa doucement la main sur le bras, il oublia toute fierté.

— Mais cette douleur, c'est à cause de moi, dit-elle d'une voix douce. Vous souffrez de l'épaule, ou c'est votre bras ?

— L'épaule. Et ce n'est pas entièrement votre faute.

Les effluves de lavande lui caressaient les narines, le peignoir lui effleurait la peau… Duarte ferma les yeux et s'éclaircit la voix.

— Ne vous inquiétez pas pour moi, c'est une blessure ancienne.

Elle écarta vivement la main, le privant de sa délicieuse chaleur.

Après avoir inspiré profondément, il bloqua son bras contre son torse et entreprit de se relever avec précaution. Dans le mouvement, il aperçut l'objet métallique qu'elle lui avait enfoncé dans le cou.

Un rire creux franchit ses lèvres. Ce n'était pas un revolver mais un récepteur numérique dont le petit écran montrait un bébé endormi.

Nora le considéra en plissant le front.

— Je… J'ai pris ce que j'avais sous la main.

— Vous avez de l'entraînement, dites donc !

Elle se raidit et pinça les lèvres. Mais elle ne lui fournit aucune explication sur le fait qu'elle avait cru avoir affaire à quelqu'un d'autre, ni sur l'identité du *il* en question.

De toute évidence, elle se méfiait de lui. Et elle risquait de prendre la fuite à la première occasion. Or, s'il voulait la protéger et avoir une chance d'obtenir des informations sur son enlèvement, il devait la garder à proximité.

Comme si elle avait lu dans ses pensées, elle fit un pas vers la porte.

— Je ferais mieux de retourner me coucher…

— Pas si vite !

Elle pivota vers lui, les mains sur les hanches.

— J'ai besoin de votre aide, Nora. Je ne pense pas que l'infirmière apprécierait d'être réveillée à cette heure-ci.

— Je… Je ne suis ni médecin ni infirmière. Vous n'avez pas d'antidouleur ?

— Je sais ce que je fais. J'ai simplement besoin de vos mains.

— Mes mains ? répéta-t-elle en contemplant l'espace qui les séparait d'un air méfiant.

— Vous pouvez bien faire ça pour moi, après m'avoir neutralisé sans problème, non ? dit-il en haussant un sourcil.

Quand l'ombre d'un sourire passa sur les lèvres de Nora, il se sentit soulagé. Il n'appréciait pas qu'elle ait peur de lui, qu'elle refuse de lui faire confiance.

La voyant se rapprocher, il détourna les yeux. Il avait besoin de quelques secondes pour se préparer à la manœuvre.

— Ce sera douloureux ? s'enquit-elle d'une voix légèrement tremblante.

— Oui, mais c'est rapide, et ensuite je pourrai dormir. Si vous voulez bien me laisser vous guider, je vous montre.

Lorsqu'elle mit les mains dans les siennes, Duarte ressentit de nouveau un étrange frémissement, comme si un événement ancien remontait fugacement du plus profond de sa mémoire, mais sans affleurer sa conscience. Refoulant la sensation, il plaça les paumes de Nora sur la face antérieure de son épaule, là où la douleur était le plus intense. Comme il s'y attendait, elle s'accrut encore, mais il demanda à Nora de garder la position. Elle écarquilla les yeux, manifestement terrifiée, mais suivit ses instructions.

Duarte lui expliqua comment et à quel moment exercer une contre-traction, puis il commença à compter à rebours en partant de cinq, se mordit la lèvre et, d'un mouvement brusque, remit l'articulation en place. Le cri étouffé qui franchit ses lèvres était faible, comparé aux rugissements qu'il avait poussés les fois où il avait dû faire la manœuvre seul.

Il se concentra sur sa respiration tandis que la douleur s'atténuait. Lorsqu'il rouvrit les yeux, Nora se tenait en face de lui avec un verre d'eau et deux comprimés d'aspirine, qu'il accepta sans mot dire.

— Ce n'était pas la première fois que vous faisiez cela…

Voyant qu'il buvait le verre d'eau sans prendre l'aspirine, elle fronça les sourcils.

— Il n'y a pas que ma mémoire qui ait été atteinte, répondit Duarte. J'ai toute une collection de cicatrices. Ceux qui en sont responsables ne manquaient pas d'énergie, ni de muscles.

Repensant au souvenir qui lui était revenu un peu plus tôt, il fut parcouru par un frisson.

— Je suis vraiment désolée, Duarte, souffla Nora en fixant la cicatrice de son visage.

Elle n'avait pas prononcé son prénom depuis le jour où il l'avait retrouvée dans la rue, et la façon dont elle le murmura pour la seconde fois ce soir-là réveilla quelque chose de ténu en lui.

— Pourquoi êtes-vous désolée ? Ce n'est pas votre faute.

L'expression de la jeune femme changea ; elle se détourna et alla rincer le verre vide dans l'évier. À peine un mois s'était écoulé depuis l'accouchement, mais elle avait une taille de guêpe qui soulignait la rondeur gracieuse de ses hanches. Elle aurait pu être mannequin.

L'attirance qu'il éprouvait pour elle le perturbait, sans parler de la place qu'elle avait prise dans ses pensées. Aussi avait-il préféré rester au bureau le soir plutôt que de prendre le risque de la croiser à la villa.

Duarte n'avait jamais été du genre à jouer les protecteurs ou les supermen. Nora Beckett était une belle femme, et il était normal que sa libido réagisse en sa présence. Il lui avait promis de la laisser tranquille pendant cinq semaines avant de l'interroger, mais ce qui venait de se passer changeait la donne. Il ne s'était pas trompé en la croyant en danger. L'intrusion des deux indésirables et les paroles de Nora quand elle l'avait pris pour un autre confirmaient ses soupçons. Cette fois, il voulait des réponses sans attendre.

Elle eut beau inspirer profondément à plusieurs reprises, Nora fut terrassée par la vague de tristesse qui l'avait envahie en entendant Duarte évoquer ses souffrances. Sentant les larmes couler, elle tourna de nouveau la tête pour échapper à son regard perspicace.

— Vous pleurez ?

L'instant d'après, une main chaude se posa sur son épaule, et Duarte la fit pivoter vers lui. Doucement, il lui souleva le menton pour la forcer à le regarder.

— Vous m'avez un peu bousculé, mais vous ne m'avez pas blessé, Nora.

De l'autre main, il lui caressa les doigts du bout du pouce.

Nora frissonna. Il faisait la même chose autrefois. Cela paraissait si loin… Elle refoula le désir absurde de lui demander s'il se souvenait de ce moment précis. S'il se rappelait lui avoir dit combien elle était belle avant de l'embrasser avec passion.

Cela avait été leur premier baiser.

Les yeux aux reflets d'ambre fouillaient les siens. Elle brûlait de céder à l'élan qui la poussait irrésistiblement vers lui, de goûter à nouveau aux lèvres fermes et douces. Rien qu'une fois…

Un éclair doré fusa dans le regard de Duarte. Il pencha la tête et lui effleura la bouche de la sienne.

— C'est plus fort que moi, murmura-t-il contre elle. Cela m'obsédait, j'y pensais sans cesse.

Alors, sans plus réfléchir, elle se haussa sur la pointe des pieds et referma les bras autour de son cou. La merveilleuse chaleur virile se propagea aussitôt en elle tandis que Duarte l'enlaçait par la taille et la poussait contre le mur. La douceur avait disparu. Il dévorait sa bouche, la faisant gémir tout entière. Bientôt il la serra plus étroitement encore et approfondit leur baiser.

Après l'avoir perdu, elle était restée allongée sur son lit en s'efforçant de chasser tous les souvenirs de leur liaison passionnée. Celle-ci n'avait duré qu'un mois, durant lequel ils avaient passé la plupart du temps au lit, sans que leur histoire se limite pour autant à une relation sexuelle. Elle avait été bien davantage.

Et maintenant qu'elle se retrouvait enfin dans ses bras Nora mesurait combien ses souvenirs n'étaient qu'un pâle reflet de la réalité.

Brusquement, Duarte s'écarta et laissa retomber ses bras. Il la fixa, les yeux étincelants de désir, le souffle court, puis fronça les sourcils.

Toute chaleur disparut alors de son regard. Il lui tourna le dos et agrippa le comptoir de marbre comme s'il avait besoin d'un support pour reprendre son souffle.

— Tu m'as menti, Nora.

Ses paroles lui firent l'effet d'un coup de poing en plein plexus solaire. Il se retourna alors vers elle pour la dévisager en plissant le front d'un air soupçonneux.

— Ce n'est pas notre premier baiser, n'est-ce pas ?

5.

Nora sentit son sang se glacer dans ses veines. Elle venait de commettre une erreur fatale.

— Réponds-moi ! ordonna Duarte.

— Non, ce n'est pas le premier, chuchota-t-elle.

— Nous étions ensemble, toi et moi, ajouta-t-il lentement.

Une expression étrange passa sur ses traits.

— Nous étions… amants.

Cette fois, elle était perdue. S'il retrouvait tous ses souvenirs, il comprendrait qu'il était le père de Liam, et elle serait alors à sa merci. Toutefois, lorsqu'elle planta les yeux dans les siens, elle devina qu'il *cherchait* à se rappeler ce qu'ils avaient vécu. Il semblait attendre qu'elle parle.

Son père avait essayé de l'endurcir pour faire d'elle une espionne digne d'intégrer Novos Lideres. Il la trouvait trop innocente. Cette innocence, Nora l'avait depuis longtemps perdue. On la lui avait prise, de bien des façons.

Elle redressa les épaules et soutint le regard de Duarte.

— Nous sommes sortis ensemble quelques fois. Je n'ai pas jugé bon de compliquer davantage la situation en te communiquant un détail si peu important.

— Tu continues à mentir.

Il la considérait, la mine sombre.

— Mon esprit ne se souvient peut-être pas, mais mon corps n'a pas oublié. Je sais que, si je t'embrasse à un certain endroit du cou, tu fondras tout entière, et tes jambes se mettront à trembler.

— Tu te trompes, répliqua-t-elle en secouant la tête.

— Arrête ! Plus de mensonges entre nous !

L'éclat doré incendia ses yeux.

— Je me souviens de mes mains sur toi. Je me souviens de ton beau visage au moment où tu succombais à la jouissance en poussant un cri délicieux.

Elle le dévisagea en silence, envoûtée par son regard.

— Je me rappelle toutes ces sensations alors que les autres souvenirs restent dans l'ombre. Comment est-ce possible ?

L'interrogation s'adressait autant à elle qu'à lui-même.

— Vas-tu encore me dire que je me trompe, Nora ?

Elle frissonna, submergée un instant par les réminiscences de leur liaison passionnée.

— Ce n'était qu'une aventure passagère. Cela n'a duré que quelques semaines.

Un éclair de triomphe traversa les yeux de Duarte.

— Quand ? demanda-t-il d'un ton tranchant.

— Il y a un an. Cinq mois avant ton enlèvement.

Leur histoire s'était terminée le jour où il était venu chez son père. Mais il y avait encore eu une autre fois, la dernière, quand il était apparu sous la pluie devant l'université, deux mois plus tard…

Un violent frisson la parcourut au souvenir de leur conversation houleuse, qui avait fini par se transformer en un baiser aussi désespéré que brûlant. Ils se trouvaient à bord de la voiture de sport de Duarte qui s'était garé à proximité de la plage, dans une sorte de carrière. Nora avait été choquée par l'audace dont elle avait fait preuve. Elle se revit assise à califourchon sur lui, là, en plein jour. Ils avaient fait l'amour avec une frénésie frisant le désespoir. Et sans préservatif.

Nora ne regrettait pas d'avoir cédé à cet égarement passager. Elle ne le regretterait jamais, puisque Liam en avait été le fruit. C'était le plus beau cadeau que la vie lui eût jamais offert.

Au moment où Duarte ouvrait la bouche pour dire quelque

chose, l'un de ses agents de sécurité apparut sur le seuil. L'homme avait lui aussi du sang sur ses vêtements et il avait la lèvre fendue, constata-t-elle, épouvantée. Subitement, elle se rappela que Duarte avait dit qu'il s'était battu.

— Tout est réglé, patron, dit l'agent d'une voix rocailleuse. Angelus Fiero a confirmé que les deux intrus faisaient partie de Novos Lideres.

Nora eut l'impression que le sol s'ouvrait sous ses pieds.

Elle sortit le récepteur de sa poche, s'attendant presque à voir le visage de son père sur l'écran au lieu de celui de Liam, dormant paisiblement.

— Merci, vous pouvez aller vous reposer, déclara Duarte, les mâchoires crispées.

— Ce n'est pas tout.

L'agent regarda furtivement Nora avant de poursuivre :

— Je ne pense pas qu'ils étaient venus pour vous. Nous avons trouvé un nombre impressionnant de photos et de notes dans leur voiture, attestant que depuis des mois ils surveillaient… cette dame.

— Rassemblez tous les documents et apportez-les-moi au bureau, ordonna Duarte, qui bouillait visiblement de rage.

Dès que l'homme eut disparu, il se tourna vers Nora et croisa les bras, le regard terriblement sombre.

— T'ont-ils approchée après cette nuit-là, au chantier naval ?

— Je savais que j'étais surveillée.

Il poussa un juron étouffé.

— C'est pour cela que tu avais peur de moi. Que tu refusais mon aide. Je parierais que, même encore maintenant, tu projettes de t'enfuir !

— La fuite est ma seule défense si je veux protéger mon fils. Je dois fuir le plus loin possible. Mettre le plus de distance entre nous et vous tous.

— Nous tous ? fit-il d'une voix dure. Tu me mets dans le même sac que ces ordures ?

Nora se détourna, mais il lui saisit le bras pour la retenir et la toisa d'un regard étincelant de fureur.

— Ne me compare plus jamais avec cet infâme criminel et ses sbires.

— Tu dis que tu essayes de m'aider, mais nous savons tous les deux pourquoi tu m'as prise sous ta protection, riposta Nora en carrant les épaules. Tu me gardes ici, dans ta villa, parce que tu veux obtenir des informations contre tes ennemis. En quoi es-tu différent d'eux ?

— Je n'enlève pas les gens contre leur gré.

— Ah ? Je suis ravie de l'apprendre. Parce que je ne resterai pas un moment de plus pour être utilisée comme…

— J'ai été franc avec toi dès le départ, l'interrompit-il brutalement. Je *n'utilise* pas les femmes.

Il lui posa la main sur la joue et tourna son visage vers le sien.

— Quel que soit le lien qui existe entre nous, je n'ai pas usé d'un stratagème. Je n'avais pas prévu de t'embrasser.

Nora rougit au souvenir du feu qui l'avait consumée dès que leurs lèvres s'étaient rencontrées, mais s'interdit de se laisser intimider.

— C'est aussi à cause de ça que je ne peux pas rester ici.

— Tu peux rester et accepter de témoigner. Ce faisant, tu nous aideras à poursuivre un criminel en justice. Tu peux me faire confiance quand je te dis que je te protégerai.

Elle secoua la tête. Il parlait de confiance. Comment réagirait-il s'il découvrait la vérité ? Il la voyait comme une victime innocente prise entre deux feux dans la guerre qu'il menait contre Novos Lideres. Il croyait pouvoir la protéger si elle acceptait de témoigner à la barre. Il n'imaginait pas les représailles auxquelles elle s'exposerait.

Un vertige la gagna quand elle songea à son père et à ses réseaux d'espions, à son pouvoir tentaculaire. Il soudoierait probablement le juge pour la faire condamner, tandis que lui s'en tirerait sans être inquiété. Il la guettait, attendant le moment opportun pour fondre sur elle. Elle connaissait sa façon d'opérer. Elle savait aussi que, même s'il n'était pas encore au courant de l'existence de Liam, il lui suffirait d'apprendre que sa fille était de nouveau avec Duarte Avelar pour céder à l'un de ses redoutables accès de rage. Il veillerait à ce que Duarte ne s'en sorte pas vivant, cette fois-ci. Et il ferait en sorte qu'elle assiste à sa mort.

Quant à son fils… Nora tressaillit à la pensée qu'il puisse se servir de Liam pour arriver à ses fins.

— Je ne peux pas témoigner, Duarte, dit-elle d'une voix tremblante. Je ne peux pas me mettre délibérément en danger uniquement pour t'aider à te venger. Je dois protéger Liam. Je ne désire qu'une chose : échapper à tout cela et élever mon fils en paix.

— Il ne s'agit pas de vengeance personnelle, répliqua-t-il en se détournant pour s'avancer vers la fenêtre. Ces salauds ont mis le feu à une tour d'habitation alors que les locataires se trouvaient à l'intérieur. Une tour construite sur un terrain que j'avais refusé de leur vendre. Ils n'ont aucun scrupule, rien ne les arrête. Ces appartements sont occupés par les personnes les plus vulnérables de la société : des couples âgés, des handicapés et des mères célibataires avec leurs enfants.

— Le scandale des normes de sécurité…, murmura Nora, glacée. C'était Novos Lideres ?

— Nous avons des preuves de l'implication d'un politicien. Et ce politicien était de mèche avec Lionel Cabo. C'est un ami à moi qui a rassemblé ces preuves, et cela a failli lui coûter la vie. Malheureusement, ce politicien est mort peu de temps après son arrestation. Il représentait notre seul espoir de prouver la culpabilité de Novos Lideres. Cabo se croit intouchable. Mon ami et partenaire en affaires, Valerio, m'a appris entre autres que ces salauds avaient menacé de supprimer ma sœur. La vie humaine n'a aucune valeur à leurs yeux, Nora.

Quand il s'interrompit, les poings serrés, Nora demeura silencieuse un long moment. Jusqu'à présent, son seul but avait été de fuir le plus loin possible avec Liam, de se mettre en sécurité, hors d'atteinte de son père. Toutefois, en le fuyant, ne renforcerait-elle pas encore son pouvoir ? Elle détenait des preuves suffisantes pour le mettre hors d'état de nuire.

Elle s'entoura le buste de ses bras et contempla le sol. Si elle aidait Duarte, il lui pardonnerait peut-être. Et, plus important encore, il était possible qu'elle parvienne à réparer ses propres torts et à se pardonner à elle-même.

Avant de rencontrer Duarte, elle s'était dit que son père ne s'en prenait qu'à l'argent et au pouvoir d'hommes fortunés. Elle s'était persuadée qu'elle n'était pas une vraie criminelle puisqu'elle ne faisait de mal à personne. En réalité, chaque fois qu'elle glanait des informations et les rapportait à son père, elle portait atteinte à quelqu'un, d'une façon ou d'une autre. Il s'agissait principalement de fouiller dans la vie de personnalités politiques, de faire de l'espionnage industriel ou autre…

Nora n'avait jamais songé que son père ne lui laissait voir que les sphères les moins effrayantes de ses activités. Elle avait été incroyablement naïve de ne pas se rendre compte que, par ricochet, les actions qu'elle menait nuisaient aux plus vulnérables.

Son silence même la rendait coupable.

— Je ne veux pas qu'ils s'en sortent impunément, dit-elle doucement. Je ne veux plus avoir peur.

Duarte la contempla, les yeux plissés.

— Ton courage est tout à ton honneur.

— Je suis loin d'être courageuse…

Elle fut terrassée par le désir de tout lui avouer. D'obtenir son pardon. De retrouver le lien partagé autrefois avec lui.

— Je possède une autre propriété pas loin d'ici, sur la côte. Je vais t'aider à préparer tes bagages, et nous partirons en hélicoptère.

— Maintenant ? En pleine nuit ?

— Oui, cela vaut mieux, répliqua-t-il à voix basse. Laisse-moi vous protéger, toi et ton fils.

Notre fils.

Un poids terrible lui oppressa le cœur. Elle brûlait de tout lui dire. Mais elle ne pouvait pas. Pas avant d'être sûre de lui.

Si la bienveillance et la générosité du nouveau Duarte

étaient bien réelles et qu'elle l'avait privé de son enfant… l'accuserait-il comme autrefois de l'avoir trompé ? Trahi ?

— Je ne suis pas encore prête à témoigner… Mais je partirai avec toi parce que je ne peux pas rester ici. Je désire t'aider, mais j'ai besoin de temps pour réfléchir à tout cela et pour être certaine que nous serons en sécurité, mon fils et moi.

— Je suis très patient, *meu anjo.*

Ils tressaillirent tous les deux et se dévisagèrent en silence. Le cœur de Nora se mit à battre la chamade.

Se ressaisissant, elle murmura qu'elle ferait mieux d'aller préparer ses bagages et se détourna pour quitter rapidement la pièce.

Duarte s'avança sur la terrasse et appela son pilote pour lui demander de préparer l'un de ses hélicoptères privés. Puis il se laissa tomber dans un fauteuil en grimaçant. La douleur continuait de lui lanciner l'épaule alors que tout son corps vibrait encore de ce baiser inattendu. Quant aux révélations qui avaient suivi…

Il appuya la tête en arrière et ferma les yeux, se rappelant la sensation des mains de Nora sur sa peau.

Ils avaient été amants. Le souvenir de leur intimité avait rejailli dès l'instant où les lèvres douces s'étaient posées sur sa bouche. Il l'avait vue sous lui… sur lui… Le reste demeurait toutefois obscur, comme si son corps ne voulait pas qu'il s'en souvienne.

Lorsqu'elle lui avait révélé la vérité, il avait aussitôt pensé au bébé. Toutefois, à moins que la grossesse n'ait duré un an, les dates ne collaient pas. D'autant que son fils était né prématurément, en plus. Ce calcul aurait dû le soulager, mais, de façon absurde, Duarte ne supportait pas l'idée qu'elle ait fait l'amour et conçu un enfant avec un autre homme.

Il songea brièvement à demander à ses enquêteurs d'identifier cet individu, rien que pour avoir le plaisir de lui donner un coup de poing en pleine figure. On n'abandonnait pas une maîtresse enceinte, bon sang !

Entre vingt et trente ans, lui-même avait eu toutes sortes d'aventures ; il ne s'était imposé aucune limite en matière de femmes. Toutefois, il avait toujours eu des rapports protégés. Et si, par accident, l'une de ses maîtresses était tombée enceinte, il aurait assumé ses responsabilités.

Nora demeurait un mystère pour lui, mais le fait de savoir qu'ils avaient été amants changeait son rapport à lui-même. Il ne se sentait plus étranger à son propre corps. Ce baiser avait créé une sorte de lien entre eux, il avait l'impression d'être relié intimement à elle. Même alors qu'elle avait regagné sa suite, il sentait sa présence… en lui.

La désirer n'était pas une bonne idée, Duarte en était conscient. Il savait qu'elle pourrait refuser de lui dire la vérité sur ce qui s'était passé sur le chantier naval abandonné. Refuser de lui expliquer comment elle s'était retrouvée là.

Plongé dans ses pensées, il resta longtemps assis dans son fauteuil à contempler l'obscurité, jusqu'à ce qu'un bruit de rotor résonne au loin.

Lorsque l'hélicoptère amorça sa descente au-dessus de la ville côtière de Paraty, Nora s'efforça de chasser l'anxiété qui lui nouait le ventre. Liam dormait paisiblement dans ses bras, inconscient des événements qu'ils étaient en train de vivre.

Le pilote atterrit dans une immense propriété située en bord de mer, en dehors de la ville. Une fois descendu à terre, Duarte ordonna à ses agents de sécuriser les alentours avant de les escorter lui-même, elle et Liam, jusqu'à la maison.

Le dispositif de sécurité lui rappelant ce qui s'était passé à la villa, Nora se mit à trembler de la tête aux pieds. Elle savait que la protection de Duarte leur était indispensable, mais elle avait aussi conscience qu'il comprendrait vite qu'elle ne lui avait pas dit toute la vérité.

S'avançant sans prêter attention au luxe qui l'entourait, elle découvrit bientôt l'immense suite mise à sa disposition. Duarte lui expliqua que sa cousine vivait toute l'année dans cette propriété classée monument historique, mais que son mari et elle habitaient l'ancien cottage des gardiens. Parfois, ils proposaient des visites guidées aux touristes, ajouta-t-il. Avant de préciser aussitôt que la maison serait sécurisée et réservée à leur usage exclusif pendant la durée de leur séjour.

Nora contempla le somptueux lit à baldaquin et les oreillers joufflus et sentit brusquement la fatigue fondre sur elle.

— Repose-toi, dit Duarte comme s'il avait lu dans ses pensées.

Ses yeux s'assombrirent, et il se détourna pour franchir la double porte, la laissant seule.

Désorientée, elle regarda autour d'elle. Tout s'était enchaîné si vite, tout était si douloureux… Heureusement, Liam dormait toujours aussi paisiblement, son petit visage de chérubin si serein, si innocent que Nora sentit les larmes lui monter aux yeux.

Duarte avait changé, reconnut-elle en son for intérieur. Il n'était plus celui qui s'était montré cruel et impitoyable autrefois. Elle repensa à cette soirée horrible, quand elle était arrivée dans le manoir de son père et avait surpris une conversation qui lui avait fait comprendre qu'on l'avait manipulée.

Son père lui avait affirmé que Duarte se jouait d'elle depuis le début. Qu'il avait feint de s'intéresser à elle dans le seul but d'obtenir des informations sur Novos Lideres. Nora avait refusé de le croire. Elle était tombée amoureuse d'un être tendre doublé d'un créateur de talent. Ils avaient beaucoup parlé des projets qu'elle nourrissait pour l'avenir, lorsqu'elle aurait terminé ses études d'architecture. Elle rêvait de voyager et de travailler en free-lance. Ils avaient tous deux la passion du design, et Duarte lui avait promis de l'emmener en Europe et de lui montrer les immeubles superbes créés par les architectes qu'elle admirait. Cela avait été bien réel… Ou du moins l'avait-elle cru.

Debout derrière la porte du salon, elle avait entendu son père menacer de s'en prendre à elle si Duarte refusait de l'épouser. Puis il avait déclaré que le contrat de mariage serait rédigé de manière à obliger la Fondation Avelar à céder certains terrains à Novos Lideres.

Lorsque Duarte avait refusé net, son père était entré dans une rage folle. Il avait alors sorti son dernier atout et menacé de détruire sa réputation en portant plainte contre lui pour agression sexuelle. Son *propre père* avait dit qu'il avait des amis qui se chargeraient avec plaisir de faire à Nora de beaux gros bleus qui constitueraient des preuves numériques irréfutables. Avant d'ajouter qu'avec un peu de chance ils ne feraient pas trop de zèle maintenant qu'ils savaient que leur belle princesse avait été déflorée.

Nora avait cru défaillir d'horreur et de dégoût. Elle s'était attendue à ce que Duarte s'indigne avec véhémence, à ce que, face à une telle violence, il prenne sa défense, la protège, mais un silence mortel avait régné. Puis il avait composé un numéro de téléphone, et trois officiers de police étaient arrivés. Ils avaient écouté toute la conversation à distance. Duarte avait souri et décrété d'une voix dure et cynique que rien ni personne ne le forcerait jamais à épouser la fille d'un truand, ni à céder ses terrains à un escroc de son espèce.

Ses dernières paroles avaient transpercé le cœur de Nora :

« Si vous croyez que votre fille a une quelconque valeur à mes yeux, vous êtes encore plus stupide qu'elle ! »

Étendue sur le grand lit, Nora enfouit le visage dans l'oreiller pour étouffer ses sanglots. Elle avait toujours su que son père était un individu dangereux mais, naïvement, elle s'était crue à l'abri de sa cruauté. L'entendre menacer de recourir à la violence contre elle l'avait réveillée, et elle avait commencé à échafauder un plan de fuite.

Mais à présent elle ne savait plus si elle avait raison de

vouloir quitter le Brésil et de cacher à Duarte la vérité sur son fils. Elle n'était plus sûre de rien.

Elle s'endormit en repensant à la passion avec laquelle il avait dévoré sa bouche quelques heures plus tôt, puis rêva qu'il l'observait, dissimulé dans un coin de la chambre, les yeux étincelants de désir.

6.

Lorsqu'elle se réveilla quelques heures plus tard, elle resta allongée un moment avant de se décider à se lever. Tout lui paraissait si compliqué, si menaçant…

Elle s'apprêtait à prendre une douche lorsque Liam se mit à gigoter et à réclamer son biberon.

Après avoir enfilé une robe bain de soleil rose corail, elle rassembla en hâte ses cheveux en chignon et partit à la recherche de la cuisine.

Un long couloir étroit la mena à un escalier en colimaçon, dont elle descendit quelques marches. Elle s'arrêta alors en levant les yeux, fascinée par la beauté de la maçonnerie originale des murs et du plafond, qui mettait en valeur la modernité de certains aménagements.

Le salon immense avait été agrandi. Un pilier de pierre soutenait la cheminée contemporaine en verre, pièce maîtresse de l'espace, et s'élevait majestueusement jusqu'au plafond. Des baies vitrées couraient tout le long de l'extension, si bien que de là où elle se trouvait elle apercevait la terrasse en pierre à l'arrière de la maison et les marches de marbre descendant vers un jardin ornemental entretenu avec soin.

De grands arbres protégeaient la propriété de tous côtés, et une trouée laissait voir l'océan qui s'étalait à l'infini.

Au moment où elle arrivait au rez-de-chaussée, une femme d'une cinquantaine d'années se matérialisa soudain devant elle et se présenta comme étant la gouvernante. La prénommée Inés la conduisit à la cuisine, faisant remarquer au passage que la Casa Jardim avait d'abord appartenu, au XVIIIe siècle, à des colons portugais, avant de devenir la propriété de la famille Avelar qui la possédait depuis trois générations.

Durant le long week-end qui avait suivi leur première rencontre, Duarte avait expliqué à Nora que le fait d'être un Avelar comportait des dangers. Étant souvent la cible de menaces et la victime de tentatives d'intimidation, il ne se déplaçait jamais sans ses gardes du corps.

Elle ne voulait pas de cette vie pour son fils. Liam méritait de grandir en toute liberté, loin des menaces et de la peur.

Lorsqu'elle regagna sa suite et lui donna enfin son biberon, Nora songea à sa propre enfance à Manaus. Elle n'avait jamais été vraiment libre, là-bas. En dépit de leurs efforts pour vivre en paix, l'ombre de son père planait en permanence au-dessus d'elle et de sa mère.

Après avoir couché le bébé dans le landau, elle prit le plateau que lui avait préparé Inés et alla s'installer sur la terrasse. Les fruits frais et les viennoiseries faites maison étaient divines, le café délicieusement parfumé. À l'instant où Nora soulevait sa tasse, elle entendit un léger bruit et releva la tête.

Immobile en haut des marches, Duarte l'observait, vêtu en tout et pour tout d'une serviette blanche qui lui ceignait les hanches.

Elle le dévisagea en silence, la tasse à la main, la gorge sèche…

— J'espère que vous avez bien dormi, tous les deux ? dit-il en traversant la terrasse.

Il vint s'asseoir en face d'elle et tourna brièvement les yeux vers le landau installé à l'ombre.

— Il ne fait pas encore ses nuits, déclara Nora. Mais le lit est très confortable.

— Ça ne doit pas être évident d'être réveillée plusieurs fois dans la nuit, fit-il remarquer en fronçant les sourcils.

Il s'interrompit pour remercier Inés, qui lui apportait un café fumant.

— Je connais toutes sortes d'astuces pour endormir les petits, dit la gouvernante en se penchant vers Liam, qui venait de se réveiller et commençait à s'agiter dans son landau.

Elle se redressa.

— Je peux le prendre ? demanda-t-elle à Nora.

— Bien sûr, répondit celle-ci, non sans une légère appréhension.

Inés souleva délicatement le bébé et l'installa sur son bras.

— J'appelle cela « Le singe dans l'arbre », déclara-t-elle en souriant.

Le sourire toujours aux lèvres, elle commença à marcher en se balançant d'un pied sur l'autre, comme si elle dansait. Liam se détendit instantanément et laissa échapper un petit gloussement de bien-être.

Une fois que la gouvernante et le bébé se furent éloignés en direction du muret entourant la terrasse, Nora se tourna vers Duarte, qui la regarda en haussant les sourcils.

— Tu es épuisée, dit-il.

— Je suis une jeune maman.

Elle leva la main pour vérifier si son chignon fait à la va-vite était toujours en place.

— Désolée, je n'ai pas le temps de camoufler ma fatigue avec du fond de teint et des sourires, ajouta-t-elle sèchement.

— Ce n'était pas une critique, se défendit-il en secouant la tête, l'air à la fois surpris et courroucé. Notre histoire a dû mal se terminer, pour que tu me prennes pour un type aussi grossier et insensible !

— Je n'ai pas envie de parler de cela maintenant.

— OK. Tu m'as demandé de t'accorder du temps, et je le ferai. Mais sache qu'à mes yeux tu n'as besoin d'aucun camouflage. Tu possèdes le genre de beauté naturelle que beaucoup de femmes t'envieraient.

Il se cala au fond de son fauteuil, faisant ressortir la musculature de son torse nu. Nora baissa les yeux sur la peau couleur caramel et tressaillit en apercevant de fines cicatrices çà et là. Cependant, le frémissement qui la parcourut ensuite était d'une autre nature, plus intime. Cela faisait si longtemps qu'elle n'avait pas senti la chaleur du corps de Duarte contre elle, en elle…

— J'ai néanmoins une faveur à te demander, reprit-il doucement.

Une excitation insensée s'empara d'elle au moment où elle vit une lueur fauve briller dans les yeux d'ambre.

— Durant notre séjour à la Casa Jardim, j'aimerais que nous nous retrouvions chaque soir pour dîner.

Le regard soudé au sien, il étala les paumes sur ses abdominaux parfaits.

— Juste pour bavarder tranquillement en savourant le repas. Pas pour te forcer à parler du passé ni de l'avenir.

Elle le dévisagea en plissant les yeux.

— Pourquoi ?

Duarte retint un sourire. Elle le regardait avec une telle méfiance…

— Peut-être que je n'aime pas manger seul, se contenta-t-il de répondre.

— Quel menteur !

Elle pinça les lèvres, mais ne put s'empêcher de sourire.

— Laisse-moi deviner, poursuivit-elle. Tu comptes jouer les hôtes charmants pour venir à bout de ma résistance, jusqu'à ce que j'accepte de te donner les infos qui t'intéressent ?

— Je n'ai pas besoin de recourir à ce genre de procédé, dit-il en portant sa tasse à ses lèvres. J'ai confiance en toi, je sais que tu feras ce qui est juste et je suis déterminé à veiller à ce que vous soyez en sécurité, ton fils et toi.

— Ce n'est pas la peine d'être gentil avec moi, répliqua-t-elle, mal à l'aise. Tu es quelqu'un de très occupé, et je suis certaine que tu as des tas de choses à faire à Rio.

— En effet. Mais je peux gérer ces choses à distance. Pas toi.

— Parce que tu comptes me *gérer* ? s'exclama-t-elle, interloquée.

— J'aimerais simplement apprendre à te connaître, Nora.

Elle détourna les yeux en se mordillant la lèvre, mais Duarte eut le temps de déceler une profonde tristesse dans son regard. Il dut faire un effort pour ne pas se lever et la prendre dans ses bras.

— Tu es d'accord, pour la faveur ?

À cet instant, Inés revint vers eux. Le bébé s'était endormi dans ses bras. Le visage de Nora s'éclaira tandis que la gouvernante recouchait Liam dans son landau.

Il s'était bien développé depuis sa sortie de l'hôpital, mais il était encore minuscule. Duarte repensa au lâche qui avait fui ses responsabilités et serra les poings malgré lui.

La voix d'Inés le ramena à la réalité. Elle proposait gentiment à Nora d'aller se reposer si elle le souhaitait, pendant qu'elle-même emmènerait son fils et s'occuperait de lui s'il se réveillait à nouveau.

Nora hésita et se tourna vers Duarte.

— Cela ne te dérange pas si je m'en vais avant que tu aies terminé ton petit déjeuner ?

— Je t'en prie, acquiesça-t-il. De toute façon, je vais aller m'enfermer pour travailler.

Il dit ensuite à Inés qu'il comptait sur elle pour aider Nora autant qu'il le faudrait en la priant de ne pas l'écouter si elle protestait. La gouvernante sourit, Nora l'observa en plissant le front, mais l'ombre d'un sourire passa aussi sur ses lèvres sensuelles. Puis les deux femmes retournèrent dans la maison, Inés poussant le landau. Une fois passé le seuil, Nora se retourna vers lui.

— Je te retrouve pour le dîner, alors, dit-elle d'une voix mal assurée.

Duarte hocha la tête et la regarda disparaître à l'intérieur en retenant un rugissement de triomphe, puis il prit une tranche de papaye et un petit pain fourré au fromage qu'il déposa sur son assiette.

Dès la première bouchée, le goût de son enfance lui revint. Étrangement, il ne gardait aucun souvenir de l'année qui venait de s'écouler, mais se rappelait toutes celles qui l'avaient précédée avec une acuité extraordinaire. Il repensa aux longs week-ends et aux étés passés dans cette propriété quand ils étaient enfants, sa sœur et lui. Il se revit au moment du petit déjeuner pris sur cette même terrasse, tandis qu'ils se disputaient le dernier morceau de papaye sous le regard amusé de leur père. Avant que leur mère intervienne et les gronde… affectueusement.

Pourquoi ne se rappelait-il rien de l'année précédente, alors qu'il revoyait cette scène comme si elle avait eu lieu la veille ?

Refusant de céder à l'impatience, il alla chercher son smartphone et appela Angelus Fiero pour savoir si l'enquête progressait. Quand il apprit que les deux hommes de Cabo avaient réussi à s'échapper et qu'ils avaient déjà réintégré Novos Lideres, il frappa du poing sur la table en poussant un juron.

Mais il se ressaisit aussitôt et se força à réfléchir calmement. Ces salopards n'auraient jamais témoigné contre Cabo de toute façon. Ils n'oseraient pas déroger au code de l'organisation criminelle. Ses membres juraient fidélité à leur chef jusqu'à la mort. Lionel Cabo considérait leur sacrifice comme un hommage personnel.

Ne se sentant pas encore prêt à parler de Nora à Angelus, Duarte se contenta de lui dire qu'il était en pourparlers avec un témoin qui accepterait peut-être de les aider. Son vieil ami accueillit la nouvelle avec joie et affirma que ce témoignage leur permettrait d'obtenir un mandat d'arrêt, mais qu'ils avaient néanmoins besoin de preuves solides pour appuyer leurs accusations.

La perspective de voir enfin ce criminel derrière les barreaux réjouissait Duarte. Mais que ferait-il si Nora refusait de témoigner ? Si la peur l'emportait sur la fureur qu'il avait vue dans son regard lorsqu'il lui avait dit jusqu'où Cabo était capable d'aller ?

Si elle partait au bout des cinq semaines qu'il lui avait accordées, il ne pourrait pas la retenir.

Par conséquent, il fallait venir à bout de sa méfiance et la convaincre de parler. Découvrir ce qu'elle lui cachait et pourquoi.

Nora Beckett était un mystère ; gagner sa confiance représentait un véritable défi.

Mais les défis n'avaient jamais fait peur à Duarte. Au contraire, il adorait cela.

Au grand soulagement de Nora, Duarte ne tenta plus de l'interroger, et il ne fit pas non plus allusion à leur baiser. Chaque matin, il passait près d'une heure à nager, enchaînant les longueurs, tandis qu'elle tentait de se concentrer sur Liam et de ne pas regarder son corps musclé fendant l'eau. Ne pas le dévorer des yeux lorsqu'il se dirigeait torse nu vers la plage pour faire son jogging lui demandait également bien des efforts.

Ensuite, il travaillait, mais elle découvrit bientôt qu'il n'était pas du genre à s'enfermer dans un bureau. Il participait à des réunions ou des conférences par téléphone sur la terrasse, marchant de long en large comme un lion en cage et lançant des ordres ou posant des questions dans les diverses langues qu'il parlait couramment.

Il avait investi la grande table surplombant l'océan, et celle-ci disparaissait maintenant sous des plans complexes et de gros manuels techniques. Parfois, lorsque Nora se réveillait la nuit et descendait chercher du lait à la cuisine pour Liam, elle le voyait, l'air concentré et le front plissé, assembler des pièces en plastique aux formes bizarres, puis prendre des notes ou faire des calculs dont il inscrivait les résultats dans un carnet.

Sans doute travaillait-il à ses plans de bateau…

Ils avaient dîné ensemble quatre soirs de suite, et la conversation avait été captivante. Duarte était très intelligent, il avait beaucoup voyagé, mais il s'exprimait avec une simplicité et une sincérité qui lui rappelaient l'homme qu'elle avait connu et aimé naguère.

Au cours du premier de ces dîners, Nora avait eu l'occasion de dire qu'elle aimait nager et, le lendemain, elle avait trouvé un sac blanc posé devant sa porte. Il contenait un somptueux maillot de bain une pièce d'un beau violet foncé.

Le lendemain soir, Duarte l'avait surprise en préparant lui-même une délicieuse *picanha* - aiguillette de rumsteck cuite au barbecue - fondante et goûteuse à souhait. Après le repas, Inés avait proposé de rester avec Liam jusqu'à ce qu'il s'endorme, et Nora avait accepté d'aller faire une balade sur la plage avec Duarte.

Face à l'océan qui s'étalait à perte de vue, elle lui avait confié son rêve de voyages, son désir de voir de près les architectures stupéfiantes étudiées en cours ou dans les livres. Il l'avait écoutée avec beaucoup d'intérêt et avait paru impressionné d'apprendre qu'elle avait réussi à terminer ses études durant une période aussi tourmentée de sa vie. Et quand elle lui avait révélé qu'elle avait dû laisser tous ses livres à Rio il avait froncé les sourcils.

Le jour suivant, elle avait découvert une étagère remplie de livres d'architecture dans le petit salon situé à l'arrière de la maison. Sur la table basse, Duarte avait laissé un mot dans lequel il lui enjoignait de ne pas renoncer à son rêve.

Maintenant, installée sous un parasol avec Liam qui dormait tranquillement dans son landau à côté d'elle, elle sentait une sensation étrange lui picoter la nuque. Elle se retourna et s'aperçut que Duarte la regardait depuis la terrasse. À peine eut-elle levé la tête qu'il se détourna et se replongea dans son travail.

Un frisson la parcourut. Partageait-il l'attirance qu'elle ressentait pour lui ?

Ce soir-là, Inés lui transmit un message de Duarte : celui-ci avait dû se rendre à Rio de toute urgence. Elle ne put s'empêcher d'être déçue à la perspective de dîner sans lui, puis elle se traita d'idiote. Elle n'était que son invitée, au fond.

Le lendemain matin, elle avait rendez-vous avec l'infirmière qui venait régulièrement de Rio - le pilote de Duarte allait la chercher en hélicoptère - pour vérifier que tout allait bien. La jeune femme lui annonça que Liam ayant désormais six semaines, elle allait devoir procéder à un examen complet.

Elle apprit bientôt à Nora que la courbe de croissance de son fils était parfaitement normale et que le bébé était en excellente santé, et elle la félicita de s'être aussi bien occupée de lui.

Ensuite, l'infirmière l'examina à son tour et la déclara complètement rétablie. Par conséquent, ils étaient tous les deux en état de voyager, conclut-elle avec un large sourire.

Le cœur battant, Nora la serra dans ses bras et la remercia avec chaleur, avant de lui dire au revoir, sachant qu'elle ne la reverrait jamais.

De son côté, Duarte avait tenu parole et réservé leurs billets d'avion. Rien ne l'empêchait plus de partir, songea-t-elle en regardant l'hélicoptère disparaître derrière les nuages. Et pourtant elle avait déjà décidé de rester.

Ses sentiments compliqués pour le père de son fils lui avaient obscurci l'esprit, l'empêchant de savoir si elle pouvait lui faire confiance ou non. Mais elle n'avait plus le droit de se dérober : elle devait lui dévoiler toute la vérité. Même s'il s'était montré affreusement dur avec elle autrefois et qu'il lui avait brisé le cœur. Elle n'avait plus le droit de lui cacher qu'il était père.

Comme si elle avait deviné sa nervosité, Inés insista pour qu'elle aille se détendre. Il n'aurait servi à rien de refuser, aussi alla-t-elle enfiler son maillot de bain. Elle s'enduisit de crème solaire et passa une demi-heure délicieuse à patauger dans la partie du bassin où l'on avait pied, avant de faire la planche en contemplant le ciel sans nuages.

Ensuite, elle s'installa sur un transat pour se sécher au soleil et s'émerveilla du calme qui régnait dans la propriété. Fermant les yeux, elle écouta le murmure du vent dans les branches et le bruit des vagues qui venaient se briser sur les rochers en contrebas.

Lorsqu'elle regagna sa suite, Inés avait déjà donné son biberon à Liam et l'avait recouché. Un lien puissant s'était développé entre la gouvernante et le bébé, et Nora lui était infiniment reconnaissante de s'occuper aussi bien de son fils. Un jour pourtant, une remarque d'Inés l'avait terriblement embarrassée et fait rougir. Elle avait en effet déclaré tout à coup qu'avec sa petite fossette au milieu du menton et sa peau mate Liam pourrait être pris pour un Avelar.

Avant de s'en aller, Inés l'informa que le dîner serait servi à 7 heures et lui demanda de ne pas être en retard. Nora prit une douche rapide, enfila une robe vert émeraude toute simple et des sandales plates, puis redescendit au rez-de-chaussée.

Comme chaque soir, les lampes avaient été allumées tout autour de la terrasse, et une petite table trônait au centre, dressée pour deux. Baissant les yeux, Nora aperçut les gardes du corps personnels de Duarte qui effectuaient leur ronde dans les jardins. Elle ne put s'empêcher de se réjouir. S'ils étaient là, cela signifiait que Duarte était rentré de Rio…

Un jeune serveur mince en élégant costume noir et chemise blanche apparut soudain comme par magie et l'invita à s'asseoir en lui souhaitant la bienvenue.

Elle se retourna, s'attendant presque à voir des invités en tenue de soirée s'avancer sur la terrasse, et vit Duarte émerger de la salle à manger, puis venir vers elle comme s'il sortait tout droit des pages d'un magazine de mode masculine.

Fascinée, elle contempla la chemise blanche ouverte à l'encolure, les cheveux courts encore humides et brillants…

— J'ai estimé que je devais me faire pardonner mon absence d'hier soir, fit-il avec un petit sourire en coin.

Tournant les yeux vers la baie vitrée qui donnait sur la cuisine, Nora aperçut un chef en toque blanche entouré de ses aides, tous en plein travail.

— Tu as fait tout cela pour moi ? demanda-t-elle, suffoquée.

— Pas exactement, répondit Duarte en riant doucement. Nico et son équipe ont postulé pour travailler à bord du superyacht dont je suis en train d'achever la maquette. Je veux voir s'il est à la hauteur de sa réputation.

— Ah…, murmura Nora, soulagée. Il s'agit d'une sorte d'entretien d'embauche, si je comprends bien ?

— On peut dire cela, répliqua Duarte en haussant un sourcil. Mais ils cuisinent aussi *pour nous*. Inés m'a fait promettre de veiller à ce que tu manges bien. En outre, je me suis rendu compte que ta compagnie me manquait, hier soir.

Il la regarda un instant en silence, avant d'ajouter :

— Prends cela comme tu voudras.

Lorsqu'elle le regarda en écarquillant les yeux, Duarte se détourna et se concentra sur les plats que le serveur apportait en souriant.

Il se révéla rapidement que la réputation du chef était amplement méritée. Avant même d'avoir goûté au dessert, Duarte avait décidé d'embaucher Nico.

Hormis les brefs instants où elle sortait le récepteur de sa poche en plissant le front, Nora paraissait détendue et appréciait manifestement le dîner et sa compagnie. Il lui raconta sa journée, passée à participer aux dernières finitions d'un immeuble géré par la Fondation Avelar. Il avait entre autres transporté des meubles, appliqué de l'enduit ici et là, dans des positions pas toujours confortables, tout en mesurant sa chance d'avoir retrouvé sa forme physique.

Soudain, Duarte réalisa que cela faisait plusieurs semaines qu'il n'avait pas eu de maux de tête ni de sautes d'humeur. Il était presque redevenu celui d'autrefois. Avant l'enlèvement.

Alors qu'ils faisaient une pause en attendant le dessert, Nora prit son verre et soupira.

— Cela faisait une éternité que je n'avais pas quitté Rio…

Elle but une gorgée de vin et reposa le verre.

— J'aime beaucoup la vue que l'on a d'ici, poursuivit-elle.

— Tu as dit que tu n'avais pas toujours vécu à Rio…

Une ombre voila les beaux yeux bleu-gris.

— Pas toujours, non. Ma mère et moi avons pas mal bougé.

— Elle est irlandaise, n'est-ce pas ?

Elle hocha la tête, reprit son verre et en fit tourner le pied entre ses doigts.

— L'Irlande est un beau pays, reprit-il. Elle est venue au Brésil pour son travail ?

— En quelque sorte, répondit Nora après s'être éclairci la voix. Toi aussi, tu as émigré, je crois.

— En effet. Je venais d'avoir dix ans lorsque nous sommes allés nous installer en Angleterre. Je suis parti en pension peu après. Mes parents voulaient faire de moi un grand savant !

Duarte rit et fut heureux de voir un petit sourire poindre au coin des belles lèvres sensuelles.

— On ne peut pas dire que leurs espoirs ont été déçus, vu ta brillante réussite.

Il haussa l'épaule. Les compliments l'embarrassaient. Cela venait de ses années de scolarité durant lesquelles il avait immanquablement été le meilleur de la classe, ce qui lui avait valu toutes sortes de tourments. Il s'était toujours efforcé de rester modeste et de minimiser la facilité avec laquelle il assimilait toutes sortes de choses.

Désireux de changer de sujet, il parla du dernier projet de yacht auquel il travaillait, et Nora lui posa des questions fort pertinentes. À sa grande surprise, il y répondit sincèrement - trop, peut-être. Il évoqua ensuite l'ouverture toute proche de la filiale américaine de Fort Lauderdale, puis la pression subie par sa sœur et Valerio à la suite de sa réapparition soudaine, et son retour à la direction de l'entreprise qu'ils géraient désormais tous les trois ensemble.

Il ne fit aucune allusion à sa culpabilité par rapport à ce que sa jumelle avait enduré quand elle le croyait mort, ni au fait que son meilleur ami s'était senti responsable des événements ayant conduit à leur enlèvement.

Nora l'écoutait avec la plus grande attention, le front légèrement plissé. Brusquement, il se rendit compte qu'il parlait beaucoup trop de lui.

Se penchant en avant, il secoua la tête et l'observa en souriant.

— Je me souviens de t'avoir dit que j'aimerais apprendre à te connaître, et cela fait dix bonnes minutes que je parle de moi…

Sans réfléchir, il posa la main sur la sienne. Nora le regarda en battant des cils, mais ne chercha pas à se dégager.

— Tu as dit tout à l'heure que ma compagnie t'avait manqué… mais tu ne me connais pas, en effet, lâcha-t-elle d'une voix à peine audible. Tu ne sais pas tout ce qui s'est passé entre nous…

Si elle lui dissimulait des choses, c'était parce qu'elle avait ses raisons. Mais tout à coup cela n'avait plus d'importance. Il la désirait, point final. Il la désirait comme il n'avait jamais désiré aucune femme avant elle. Et, si elle lui faisait comprendre qu'elle partageait son désir, il l'emporterait dans son lit, et au diable le dessert préparé par le talentueux Nico.

Comme si elle avait lu dans ses pensées, Nora inspira profondément et murmura :

— Quand tu me regardes comme ça, je suis incapable de réfléchir.

Elle le dévisagea encore un instant en silence.

— Liam a eu six semaines aujourd'hui. L'infirmière nous a déclarés aptes à voyager.

Ses paroles lui firent l'effet d'une douche glacée.

— Tu as pris ta décision ?

Une expression torturée passa sur les traits de Nora. Il ne l'avait jamais vue aussi vulnérable.

— Hé…, dit-il en lui caressant doucement le dos de la main. Je comprends que tu aies peur, tu sais ?

— Je n'ai pas peur d'être ton témoin, Duarte.

Elle dégagea sa main.

— Mais je ne peux pas te dire ce qui s'est passé cette nuit-là sans te révéler le rôle que j'ai joué… Sans te révéler que je suis en partie responsable des événements qui ont fait que tu as échoué dans cet endroit sordide, blessé et te vidant de ton sang.

Glissant la main dans sa poche, elle en sortit cette fois une clé USB noire et la lui posa dans la paume.

— Tout est dessus. Les données sont cryptées, mais je sais qu'elles contiennent de quoi liquider Novos Lideres pour de bon.

Duarte encaissa le choc et la contempla, abasourdi.

— Explique-toi, lâcha-t-il.

— Les hommes de Cabo me recherchent parce que j'ai fait partie de l'organisation. Je… J'ai travaillé pour lui pendant un certain temps.

Elle détourna les yeux en pinçant les lèvres.

— En ce qui te concerne, ma tâche consistait à obtenir de toi des informations qu'il pourrait utiliser pour te forcer à lui céder tes terrains.

S'interrompant un instant, elle le regarda, avant de détourner de nouveau les yeux.

— Mais tout a foiré.

— C'est clair.

Duarte fronçait les sourcils, horrifié par ces révélations. Il baissa les yeux sur la clé USB censée contenir les preuves qu'il recherchait.

— Au moment où tu as été enlevé, j'essayais déjà de leur échapper. Ils m'avaient enfermée, pour être sûrs que je n'irais pas voir la police. J'ai réussi à m'évader et j'ai fait parvenir un message à ton ami, Angelus Fiero, mais lorsque je suis arrivée à l'endroit où ils te retenaient prisonnier… Tu avais déjà été abattu.

— Pourquoi m'avoir sauvé ? demanda-t-il en l'observant avec attention. Pourquoi as-tu pris le risque d'être arrêtée, ou punie pour ton intervention ?

Elle secoua la tête.

— J'ai fait des choses dont je ne suis pas fière, Duarte, mais je n'en suis pas moins un être humain. Il y avait tellement de sang… Je ne pouvais pas me permettre d'être vue, alors j'ai dû te laisser. Ensuite, j'ai appris ta mort par les médias. Et puis ton pauvre ami, lui, a été retrouvé vivant. Je ne savais même pas qu'il était encore là-bas…

— Valerio a beaucoup souffert, mais il va bien, maintenant. Physiquement, du moins.

Il demeura silencieux un long moment. Il savait qu'elle lui cachait encore quelque chose, mais ce qu'elle venait de lui raconter était déjà incroyable.

— Écoute, je ferai mes bagages dès demain matin et ensuite je m'en irai, d'accord ?

Elle se leva et se dirigea vers la baie vitrée grande ouverte.

— Je désire seulement que tu saches que je regrette d'avoir participé à cette infâme machination, ajouta-t-elle en se retournant. Je n'ai jamais rien voulu de ce qui s'est passé.

— Tu m'as sauvé la vie en risquant la tienne, répliqua-t-il doucement. M'aimais-tu, Nora ?

La colère assombrit le regard féminin.

— Ne fais pas de moi ce que je ne suis pas. J'ai beau être moins coupable qu'eux, j'ai néanmoins travaillé pour eux et avec eux. J'ai contribué à te faire du mal. Et à blesser d'autres personnes à travers toi.

— Est-ce que tu m'aimais ? insista Duarte plus durement.

Nora tressaillit. La culpabilité la rongeait, c'était évident. Et il aurait dû être furieux contre elle. Elle l'avait trompé, trahi. Alors pourquoi ressentait-il un besoin irrépressible de la réconforter ?

Il s'avança vers elle et lui souleva le menton pour la forcer à le regarder. La détresse qu'il lut dans ses yeux l'atteignit en plein cœur.

Un sanglot étouffé franchit les lèvres de Nora.

— Oui, en dépit de tout. Je t'aimais... éperdument.

Ce fut plus fort que lui. Il l'embrassa, absorbant sa tristesse et sa culpabilité. Il aurait voulu la soulager de son fardeau. Cela faisait si longtemps qu'elle souffrait...

Quand elle lui agrippa les épaules et le repoussa légèrement, il s'immobilisa, prêt à la laisser tranquille. Mais, au moment où il allait s'écarter d'elle, Nora se haussa sur la pointe des pieds et appuya ses lèvres douces et pleines sur les siennes.

7.

Nora s'abandonna aux bras musclés, savourant la merveilleuse chaleur de Duarte.

Elle renonçait à lutter. Elle en avait plus qu'assez de se torturer l'esprit. Se pressant contre lui, elle laissa la langue experte entraîner la sienne dans un ballet torride.

— Je mentirais en disant que je n'attendais pas ce moment avec impatience, chuchota ensuite Duarte contre ses lèvres.

La bouche ferme glissa sur son cou en même temps que les grandes mains chaudes se refermaient sur ses fesses.

Avec lui, Nora n'avait jamais eu peur de rien. Elle était prête à toutes les audaces. Comme la fois où ils avaient fait l'amour dans un ascenseur… Elle n'avait jamais ressenti une telle hardiesse avec les hommes que son père lui avait permis de fréquenter.

Le seul fait de penser à Lionel Cabo lui remit les idées en place. Elle laissa retomber ses bras et recula d'un pas.

— Pourquoi me désires-tu, Duarte ? demanda-t-elle d'une voix tremblante. Je viens de te révéler des choses horribles, et tu m'embrasses comme si tu étais fou de moi… Je ne sais plus où j'en suis.

Il se passa la main dans les cheveux, les yeux étincelants.

— J'ai tenté de nier l'attirance que je ressens pour toi parce que tu m'avais fait clairement comprendre que, quelle qu'ait été la nature de notre relation, elle était terminée. Mais chaque fois que nous sommes ensemble je suis attiré par toi. C'est plus fort que moi. Tu es intelligente, belle, et je ne peux pas m'empêcher de penser tout le temps à toi. Et je crois que tu me désires autant que je te désire…

Un tremblement délicieux parcourut Nora à ces mots. D'un côté, elle brûlait de l'embrasser à nouveau et d'oublier toute prudence, de s'offrir une nuit de plaisir sans penser aux conséquences et, de l'autre, elle savait qu'elle devait tout lui dire. Même si, ce faisant, elle prenait le risque de le perdre une deuxième fois. Et que la perspective de revoir l'expression de haine envahir les traits de Duarte lui était insupportable.

Elle ferma les yeux et se fustigea d'être aussi égoïste. Il ne s'agissait pas uniquement d'elle. Liam méritait de profiter de la présence de son père et Duarte, de connaître son fils. Par conséquent, elle *devait* lui dire la vérité.

Au moment où elle rouvrait les yeux, prête à se jeter dans le vide, un petit cri monta du récepteur. Elle le sortit de sa poche et contempla l'écran, puis regarda Duarte.

— Vas-y, dit-il simplement.

Nora se détourna et retint un soupir de soulagement, tout en sachant que le hasard ne lui offrait qu'un répit. Elle ne pouvait plus se taire, de toute façon.

— Nora ?

Elle s'arrêta sur le seuil de la terrasse et se retourna, le cœur battant à tout rompre.

— Je dois retourner à Rio et je partirai à nouveau de bonne heure demain matin.

Duarte s'éclaircit la voix et rajusta son col de chemise.

— Tu voudras bien dîner avec moi demain soir ?

Autrement dit, elle avait vingt-quatre heures pour se préparer à lui révéler toute la vérité.

Nora acquiesça d'un hochement de tête et se força à sourire, puis prit la direction de sa suite en se retenant de courir.

Lorsque Duarte pénétra dans le hall d'entrée, il fut frappé par le silence qui régnait dans la maison. Il avait passé la matinée avec Angelus, et ils avaient décidé d'envoyer la clé USB à un informaticien en qui ils avaient confiance. Ensuite, il avait participé à une réunion avec les futurs locataires des nouveaux immeubles, afin de connaître leurs besoins. Il tenait en effet à ce que les logements proposés par la Fondation leur permettent de prendre un nouveau départ dans les meilleures conditions possibles.

Après cela, il avait jugé qu'il avait assez travaillé et s'était autorisé à rentrer de bonne heure, pour interroger Nora plus en détail, mais aussi parce qu'il désirait être avec elle, tout simplement.

Montant à l'étage, il vit que la porte de la suite réservée aux invités était ouverte. Il entra dans le salon, qu'il trouva désert. Gagné par un mauvais pressentiment, il s'apprêtait à redescendre au rez-de-chaussée pour se renseigner auprès d'Inés lorsqu'un bruit d'éclaboussures attira son attention.

Il gagna le balcon et, baissant les yeux, vit Nora assise au bord du bassin et plongeant les orteils du bébé dans l'eau. Comme si elle avait senti sa présence, elle leva soudain les yeux, l'aperçut et, un sourire timide aux lèvres, lui adressa un petit signe de la main.

Incapable de dominer les émotions qui se bousculaient en lui, Duarte la regarda en serrant les lèvres. Durant le bref instant où il l'avait crue partie, il avait été prêt à essaimer tout le pays pour la retrouver. C'était de la folie. Il avait l'impression de perdre le peu de contrôle qu'il avait recouvré au cours des mois passés. Comment pouvait-il être apaisé par la présence de cette femme et se sentir, en même temps, affreusement vulnérable ?

Elle avait reconnu avoir fait partie de l'organisation qui avait tenté de l'éliminer. Elle avait admis être une criminelle. Et pourtant il persistait à croire que ce n'était pas tout. Qu'elle lui cachait quelque chose. Il l'avait vue s'occuper de son fils.

Nora était une femme intelligente et déterminée, elle avait réussi à décrocher ses diplômes alors qu'elle vivait une situation extrêmement difficile.

C'était à n'y rien comprendre. Lui qui, d'ordinaire, méprisait tout ce qui lui paraissait absurde, il ne pouvait s'empêcher de retourner vers elle, encore et encore. Il avait beau se répéter qu'il devait prendre ses distances et se ressaisir, se concentrer sur son enquête, il se retrouvait à grimper les marches quatre à quatre ou à traverser la maison en courant dès qu'il entendait le son de sa voix mélodieuse.

Toute la journée, Nora s'était sentie en proie à une anxiété sans nom. Sa décision était prise. Elle dirait la vérité à Duarte. En outre, elle savait qu'il aurait été dangereux de rester trop longtemps dans cet endroit fabuleux. Ce genre d'existence heureuse et protégée n'était pas pour elle. Et de toute façon, une fois que Duarte saurait tout, cette vie de rêve s'écroulerait en miettes.

Pour ne rien arranger, il était rentré de bonne heure et les avait rejoints à la piscine, lui proposant même de tenir Liam pendant qu'elle faisait des longueurs.

Lorsqu'il l'avait pris dans ses bras, elle avait été si frappée par la ressemblance qu'elle avait failli tout lui dire. Mais, lâchement, elle s'était détournée et avait plongé dans le bassin pour dissimuler ses larmes.

Même encore maintenant, alors qu'elle s'habillait pour le dîner après avoir pris une douche, Nora frémissait au souvenir de la vision troublante de Duarte tenant son fils dans ses bras.

Elle ne craignait plus qu'il veuille le lui prendre. Liam était un Avelar, et elle ne pouvait le priver de la vie à laquelle sa naissance lui donnait droit. Par conséquent, elle n'avait pas le choix. Elle allait parler à Duarte, en espérant qu'ils trouvent une solution qui leur convienne à tous les deux.

Duarte avait pris son temps pour se doucher et se préparer. Il se sentait nerveux et agité. Maintenant, il attendait Nora dans la salle à manger et l'entendait bavarder avec Inés tout en s'occupant du bébé.

Tout à l'heure, il avait proposé spontanément de tenir Liam pour permettre à Nora de nager. Une sensation étrange lui avait soudain étreint la poitrine lorsqu'il avait contemplé les yeux bleu-gris si semblables à ceux de sa maman. Quant à l'instinct protecteur qui avait rugi en lui, il avait préféré ne pas chercher à l'analyser.

Parce qu'il devait se contrôler. Il ne s'agissait que d'un dîner entre un homme et une femme attirés l'un par l'autre.

Lorsque Nora apparut, son corps mince moulé dans une robe de soie turquoise, il la regarda en retenant son souffle. Il la trouvait toujours belle, mais ce soir elle était resplendissante. Soulignés par un simple trait d'eye-liner, ses yeux paraissaient encore plus grands, et sa bouche pulpeuse, mise en valeur par un soupçon de rouge à lèvres rose tendre, lui rappelait le goût délicieux qu'elle avait.

— Tu t'es mis sur ton trente et un, dit-elle avec un petit sourire crispé. Tu as convoqué un nouveau chef pour lui faire passer un essai ?

— Pas exactement, répondit Duarte, la voix un peu rauque.

Il se frotta la mâchoire, rasée de près.

— J'ai pris un soin particulier à me préparer… pour te faire honneur, voilà tout. Et je pensais que nous pourrions aller faire un petit tour en ville, après le dîner. Si tu es d'accord, bien entendu, s'empressa-t-il d'ajouter.

Quand elle lui sourit franchement, d'un sourire lumineux qui éclaira tout son visage, il dut faire un effort surhumain pour ne pas se précipiter vers elle et l'embrasser.

Durant tout le repas, ils bavardèrent de choses et d'autres, notamment de leurs goûts respectifs en matière d'architecture. Nora se sentait détendue et s'efforçait de ne pas penser aux paroles qu'elle s'était répétées toute la journée, dévorée par l'appréhension.

Elle ne voulait pas perdre Duarte encore une fois. Elle avait commis des erreurs, fait des choix désastreux et laissé son père exercer son pouvoir et son contrôle sur elle, mais elle ne se croyait pas fondamentalement mauvaise.

Ils quittèrent la propriété aussitôt après le dessert. Deux gardes du corps les suivaient dans un autre véhicule. Lorsque Nora était allée vérifier que Liam dormait bien, elle avait été presque mise à la porte par Inés, qui lui avait assuré qu'elle pouvait s'en aller sereinement et que son fils se passerait sans problème de sa maman pendant une heure ou deux.

Après s'être garés à l'entrée de la ville, ils continuèrent à pied jusqu'au centre historique. Là, ils se baladèrent dans le labyrinthe de rues pavées, toutes piétonnes et bordées de maisons aux murs blanchis à la chaux ainsi que de restaurants offrant une diversité de spécialités surprenante.

Duarte proposa de pousser jusqu'au port de plaisance.

— C'est à deux pas d'ici, ajouta-t-il en souriant.

Il lui prit la main et l'entraîna bientôt vers un étroit ponton de bois. De chaque côté, de petits chalutiers se balançaient doucement sur l'eau, remplacés peu à peu par des bateaux de plus en plus grands et de plus en plus luxueux.

Duarte s'arrêta à l'extrémité du ponton et désigna un yacht magnifique qui tranchait étrangement avec les géants plus modernes, blancs ou gris clair. *O Dançarino*, lut Nora sur la coque sombre. « Le danseur ».

— C'est le premier bateau sur lequel j'ai mis les pieds. Il était la fierté et la joie de mon père, indiqua Duarte avec calme. Il n'a pas navigué depuis sept ans… Depuis leur accident.

L'accident qui avait coûté la vie à ses parents, songea Nora avec tristesse.

Il abaissa la passerelle et lui fit signe de le suivre.

Le vaste pont en teck était d'une propreté impeccable, comme si les propriétaires avaient fait préparer le yacht pour une prochaine sortie en mer. Elle s'attendait presque à voir un membre de l'équipage s'avancer à leur rencontre pour les accueillir.

— Je l'ai fait nettoyer et remettre en état. Il est exactement comme autrefois.

Duarte sourit et appuya légèrement sur un petit panneau. Une belle lumière dorée jaillit aussitôt, éclairant le voilier tout entier.

— C'est magnifique…, murmura Nora. J'ai toujours su que tu possédais des yachts somptueux et que tu avais créé ta propre entreprise, Nettuno, mais c'est la première fois que je te vois à bord d'un bateau.

Il éclata de ce rire somptueux qui la faisait frissonner tout entière.

— Je pensais le faire sortir demain, mais dans l'immédiat nous devrons nous contenter d'une coupe de champagne à quai, dans le port.

Comme par magie, il sortit une bouteille de champagne d'un petit réfrigérateur dissimulé dans la paroi en bois lisse et la déboucha d'un geste adroit.

— On dirait un rêve…, murmura Nora en prenant la coupe qu'il lui tendait. Merci pour cette soirée, Duarte. Merci d'être un hôte aussi attentionné.

Il l'observa en haussant un sourcil, puis se pencha pour lui repousser une mèche de la joue.

— Ce soir, je ne suis pas ton *hôte*, Nora. Je croyais que c'était clair.

Se sentant rougir, elle tourna la tête. Les lumières du port scintillaient et se reflétaient dans l'eau. Quand elle regarda à nouveau Duarte, ces mêmes lumières dorées dansaient dans les yeux couleur d'ambre.

— Je n'ai pensé qu'à cela toute la journée, murmura-t-il en promenant les doigts sur sa joue, puis son cou. À cause de toi, j'ai failli apposer ton nom sur des documents importants…

— Je suis désolée…

Nora sourit et frissonna. La caresse faisait naître en elle une myriade de sensations exquises. Elle se sentait prisonnière du corps athlétique et du regard aux reflets dorés. Captive au sens le plus sensuel du terme.

— Tu n'en as pas l'air, répliqua-t-il d'une voix rauque. Tu parais au contraire ravie de m'imaginer dans mon bureau, à moitié fou de désir et d'impatience.

— Moi aussi j'ai pensé à toi, chuchota-t-elle. Tu… Tu m'as manqué.

Sa voix se brisa sur le dernier mot. Il lui avait tellement manqué, durant tous ces mois ! Elle devait le lui dire, et lui avouer tant de choses encore… Le moment était venu de plonger dans l'inconnu, en espérant qu'il ne la punirait pas d'avoir autant tardé à lui parler.

La bouche de Duarte prit possession de la sienne, coupant court à ses inquiétudes. Il lui caressa les hanches, les reins. Elle soupira contre ses lèvres et enlaça sa langue à la sienne. Quand il la serra dans ses bras, elle perçut la force de son désir. Tout son corps s'embrasa mais, brusquement, comme si Duarte se rendait compte de l'intimité de ce contact, il interrompit le baiser et appuya le front contre le sien.

— Excuse-moi… Cela fait un bout de temps… Je me contrôle mieux que ça, d'habitude.

— Je sais de quoi tu parles…, murmura-t-elle.

Il lui entoura le visage de ses mains et s'empara de nouveau de sa bouche, mais plus langoureusement. Leurs langues se cherchaient, se mêlaient, se repoussaient pour mieux se retrouver… Nora laissa échappa une plainte et glissa la main sous le col de la chemise blanche, avide de sentir la peau de Duarte sous ses doigts.

Elle repensa à toutes les fois où elle aurait été prête à tout pour passer une dernière nuit avec lui, rien qu'une seule.

Elle tressaillit violemment et redescendit sur terre. La vérité se dressait entre eux comme un mur invisible. Elle recula, la gorge nouée par les mots terribles qu'elle devait prononcer.

— Il faut arrêter, dit-elle d'une voix tremblante. Je me suis promis de te dire certaines choses ce soir, même si je sais que cela risque de tout gâcher entre nous. Mais, maintenant que je suis là devant toi, je ne sais pas par où commencer.

— Alors ne dis rien, chuchota Duarte. Je veux t'offrir une belle soirée, loin de tout problème, de toute complication. Et là, tout ce que je désire, c'est t'embrasser à nouveau.

— Tu ne le penses pas, murmura-t-elle. Tu ne peux pas le penser…

— Je me fie à mon instinct, et il me soutient que j'ai raison. Ces choses que tu as à me dire, elles ne peuvent pas attendre jusqu'à demain ?

Hypnotisée par les pépites d'or qui scintillaient dans les yeux rivés aux siens, Nora sentit son courage vaciller.

— Si, cela peut attendre…

Penchant la tête, il lui déposa un léger baiser sur la tempe et l'attira contre lui.

— Être là… avec toi… C'est la meilleure chose qui me soit arrivée depuis très longtemps. Même avant mon enlèvement, j'étais toujours en quête de nouveaux défis à relever, toujours en action. Je n'avais jamais connu ce calme, cette sensation de… d'exister, tout simplement. Lorsque je suis avec toi, je suis vraiment là, au présent. D'une façon que je n'avais encore jamais été capable de vivre ni de savourer.

Il la repoussa doucement et la regarda dans les yeux.

— Et puis nous avons bien mérité un peu de bonheur, tu n'es pas de mon avis ?

— Rien qu'un peu ? demanda-t-elle, espérant à moitié que tout s'arrête après cette soirée.

S'il mettait un terme à leur relation, s'il redevenait le milliardaire insouciant d'autrefois, ce serait peut-être plus facile. Parce que ce nouveau Duarte, qui parlait de bonheur avec un tel éclat au fond des yeux… Elle aurait le cœur brisé quand ils se sépareraient encore une fois.

Elle l'aimait depuis leur toute première rencontre, réalisa-t-elle soudain. Elle était tombée éperdument amoureuse de lui dès l'instant où il l'avait entraînée hors de la piste de danse du club de samba. Et elle allait de nouveau le perdre en lui révélant la vérité. Elle sentit son cœur se déchirer à cette pensée. La douleur fut si vive qu'elle ferma les yeux et s'abandonna contre le corps viril et chaud, en même temps qu'elle répondait avec fièvre aux caresses de la bouche et de la langue expertes. Elle lui offrit alors tout son amour. Et son imbécile de cœur.

Quand, un long moment plus tard, il s'écarta de ses lèvres et qu'ils se dévisagèrent, le souffle court, Nora soutint son regard sans ciller et dit tranquillement :

— Il y a un lit, sur le *O Dançarino* ?

Résistant au désir de la balancer sur son épaule comme un homme des cavernes, Duarte prit Nora par la main et se dirigea vers l'escalier conduisant aux cabines.

Quelques instants plus tard, il entra dans la plus grande d'entre elles et l'allongea sur le lit sans même lui laisser le temps d'admirer le raffinement de la décoration, puis il s'allongea sur elle en s'appuyant sur les mains.

Il adorait le *O Dançarino*. C'était le plus beau de tous les yachts qu'il avait connus au cours de ses vingt années de navigation. Mais cette beauté n'était rien, comparée à celle de la femme étendue sous lui, les lèvres légèrement entrouvertes et gonflées par ses baisers.

Levant les bras, elle referma les mains sur sa nuque et attira son visage vers elle. Duarte l'embrassa, se délectant du goût de sa bouche tandis qu'elle lui caressait les cheveux, le faisant frissonner de la tête aux pieds.

— Je ne peux plus attendre, murmura-t-elle.

Les mains fines glissèrent sur son cou, sa gorge, descendirent sur son torse, puis s'attaquèrent à la boucle de sa ceinture.

Duarte lui saisit les poignets et les lui remonta au-dessus de la tête. Elle souleva aussitôt les hanches, prête à s'offrir à lui. Sa petite lionne aimait être dominée, il le voyait à la façon dont ses yeux s'assombrissaient, il le sentait à l'accélération des battements du cœur sous la soie turquoise.

— Je n'ai pas de préservatifs sur moi, dit-il soudain. Je ne m'attendais pas à ce que nous…

— L'infirmière m'a conseillé de prendre la pilule, et j'ai suivi son conseil, l'interrompit-elle, les pommettes rose vif.

Pour un peu, il l'aurait pénétrée sur-le-champ…

— Cette infirmière est une perle, dit-il en souriant contre la peau douce, juste en dessous de l'oreille délicatement ourlée.

Il la mordilla doucement, avant de descendre avec lenteur le long du cou mince.

— Je ne sais pas où je désire le plus t'embrasser, murmura-t-il en poursuivant sa lente exploration. Les souvenirs de toi en maillot de bain violet me torturaient si cruellement que je désespérais de pouvoir jamais t'avoir à moi, nue et abandonnée.

— Je suis toute à toi, chuchota-t-elle.

Un éclat argenté incendia ses yeux, si ardent que Duarte sentit sa poitrine se serrer douloureusement, le forçant à baisser les yeux. Il referma les lèvres sur un mamelon durci, titilla la pointe ferme à travers la soie, tandis que Nora laissait échapper un halètement et soulevait de nouveau les hanches pour mieux sentir son érection.

La passion, le désir. Un homme et une femme se servant l'un de l'autre pour le plaisir et l'assouvissement. Ça, il pouvait gérer. Après cette longue période d'abstinence, son corps était hyper réactif et réclamait son dû avec force. C'était la seule explication aux sensations incroyables qui le parcouraient à la moindre caresse.

Cependant, s'il ne voulait pas que tout se termine avant même d'avoir commencé, il devait modérer son ardeur… Nora le désirait autant qu'il la désirait, et il ne voulait pas la décevoir.

Lui lâchant les poignets, il se redressa en prenant appui sur les mains et la regarda.

— Ôte ta robe.

Elle fit glisser l'étoffe sur une épaule, sur l'autre, puis se dénuda jusqu'à la taille. Duarte se chargea du reste tandis que sa libido rugissait à mesure que la peau claire se dévoilait. Il contempla les petits seins fermes aux pointes rose framboise, la taille incroyablement fine, les hanches délicieusement rondes… Difficile d'imaginer qu'elle portait encore un enfant six semaines plus tôt…

Tout doucement, il caressa la cicatrice rose. Nora se raidit et posa les mains sur son ventre, mais il pencha la tête pour l'embrasser entre ses doigts. Elle se détendit un peu, avant de fondre complètement sous ses baisers.

Duarte laissa glisser ses lèvres sur la peau satinée, descendit jusqu'à l'intérieur d'un genou, puis remonta lentement en lui immobilisant les hanches. Elle creusa les reins autant qu'elle le put et laissa échapper une plainte.

— Oui, oui… Je t'en prie…

Ces paroles ricochèrent dans son esprit. Il eut l'impression d'avoir attendu toute sa vie le moment où elle le supplierait ainsi.

Avec une lenteur délibérée, il la débarrassa de la minuscule culotte de soie blanche, dernière barrière qui les séparait encore. Puis il effleura la toison bouclée de sa bouche gourmande. Il savait ce que Nora désirait. Il la caressa et l'embrassa exactement là où elle palpitait pour lui.

Le long gémissement qui franchit les lèvres pulpeuses suffit presque à le faire basculer dans la jouissance. Il se concentra sur elle, se laissant guider par les petits sons incroyablement excitants qui ponctuaient la montée vers l'extase.

Elle baissa les yeux et croisa son regard juste avant d'atteindre le sommet.

— Jouis pour moi, ordonna-t-il contre le sexe offert.

Arquant le dos, elle obéit et poussa un cri qui faillit avoir raison du peu de contrôle qu'il lui restait.

L'instant d'après, Duarte s'allongea sur elle, prêt à la pénétrer.

Lorsque le membre viril s'enfonça lentement en elle, Nora eut l'impression que son cœur allait éclater. Une légère douleur la traversa, bientôt remplacée par des ondes de plaisir qui se déployèrent partout en elle, doublées d'une émotion extraordinaire. La façon dont Duarte la contemplait, l'éclat de ses yeux d'ambre… C'était trop… Elle faillit jouir à nouveau alors qu'elle venait à peine de redescendre sur terre après avoir eu un orgasme fabuleux.

Se méprenant sur la nature du tressaillement qui la parcourait, Duarte s'immobilisa et la regarda en fronçant les sourcils.

Elle leva la main et lui caressa la joue, puis remua les hanches pour mieux sentir la puissante érection. Il se retira lentement, avant de donner un coup de reins contrôlé. Puis, toujours lentement, il instaura un va-et-vient grisant et ferma les yeux en laissant échapper une longue plainte presque animale. Nora souleva les hanches pour mieux l'accueillir en elle et enfonça les ongles dans les épaules musclées.

Les coups de reins se firent plus vigoureux, mais à un rythme toujours mesuré. Son corps n'avait rien oublié. Il s'ajustait de lui-même à celui de Duarte. Les coups de reins s'affermirent encore, il accéléra légèrement la cadence. Nora sentit le plaisir monter, de plus en plus haut.

Le deuxième orgasme fut complètement différent du premier, et d'une telle intensité qu'elle sentit sa gorge se nouer lorsque son amant rouvrit les yeux et enlaça les doigts aux siens. L'intimité qu'ils partageaient était presque insupportable.

Son cœur se serra.

C'était peut-être la dernière fois qu'il la regardait ainsi.

Il se remit à bouger, accéléra le rythme, la faisant grimper à des hauteurs insoupçonnées. À l'instant où le plaisir l'emporta, Nora poussa un long gémissement que son amant recueillit sur ses lèvres avant de céder à son tour à la jouissance.

Si seulement ils avaient pu rester là des heures, allongés côte à côte sur le grand lit du magnifique *O Dançarino…* Nora avait l'impression de rêver. Mais hélas, dans les rêves comme dans les contes de fées, la magie opérait durant un temps limité.

À regret, elle dit à Duarte qu'ils devaient rentrer pour libérer Inés. Il acquiesça aussitôt et l'aida à renfiler sa robe. Mais les gestes censés l'aider se transformèrent rapidement en caresses passionnées. Ils firent de nouveau l'amour, avec une hâte qui exacerba le plaisir de Nora.

Duarte la transporta au paradis en quelques coups de reins, et ils s'envolèrent ensemble, leurs deux corps ne faisant plus qu'un.

8.

Lorsque Duarte se réveilla, Nora n'était plus à côté de lui.

La veille au soir, quand ils étaient rentrés, Inés lisait dans le salon en les attendant. Elle avait contemplé la robe froissée de Nora avec un léger haussement de sourcils, l'ombre d'un sourire avait effleuré ses lèvres, puis elle avait informé Nora que tout s'était bien passé et que Liam dormait paisiblement dans son berceau.

Nora s'était néanmoins précipitée à l'étage pour aller voir son fils. Duarte l'avait suivie et, s'arrêtant sur le seuil, il l'avait regardée se pencher pour rajuster la couverture du bébé.

Quand elle s'était retournée et l'avait aperçu, elle l'avait contemplé avec une telle gravité qu'il s'était avancé vers elle et lui avait pris la main.

— Pourquoi cet air sérieux ? avait-il murmuré. La nuit n'est pas encore terminée…

Il l'avait soulevée dans ses bras et emportée dans sa propre chambre. Là, tout sérieux avait vite quitté Nora. Elle était redevenue l'amante passionnée et tendre du *O Dançarino.*

Après plusieurs étreintes plus fabuleuses les unes que les autres, ils avaient fini par succomber à la fatigue et s'étaient endormis aux premières lueurs de l'aube.

Et maintenant Duarte se retrouvait seul dans son lit tandis que le soleil entrait à flots par la porte-fenêtre ouvrant sur le balcon.

Il jeta un coup d'œil à sa montre et fronça les sourcils. Il n'avait jamais dormi aussi longtemps… ni aussi paisiblement. Pas un seul cauchemar n'était venu perturber son sommeil. Il n'avait rêvé que de Nora, avec un tel réalisme qu'il avait l'impression de lui avoir fait l'amour toute la nuit.

Refoulant le désir qui pulsait déjà en lui au souvenir de leurs étreintes fougueuses, bien réelles celles-là, il se leva et alla prendre une douche.

Vingt minutes plus tard, il ressortit de la salle de bains et enfila un jean et un T-shirt. Il avait une foule de mails en attente de réponse et devait absolument s'en occuper avant de partir pour la Floride, mais il était trop impatient de faire une sortie en mer. Il comptait emporter ses carnets de croquis et coucher ses idées sur le papier dès qu'il serait au large. Mais, curieusement, il n'avait pas envie d'être seul.

Descendant au rez-de-chaussée, il traversa la terrasse et aperçut Nora, assise au bord du bassin avec Liam dans les bras et remuant les jambes dans l'eau.

Elle était si belle, avec ses cheveux ondulant sur ses épaules nues…

Dans son rêve torride, elle avait les cheveux plus courts. Ils étaient assis à l'arrière d'une voiture, dans une sorte de carrière entourée de montagnes. Il gardait une image saisissante de la scène…

Lorsque, sentant sans doute sa présence, Nora tourna la tête et leva les yeux vers lui, l'expression de son beau visage n'avait rien de passionné ni d'érotique. Elle avait l'air torturée et malheureuse.

Une douleur sourde l'étreignit, et il descendit rapidement les quelques marches pour s'avancer vers elle. Un toussotement discret le fit se retourner.

Angelus Fiero se tenait sous l'arcade donnant sur la salle à manger, la mine sombre.

— Bonjour, Angelus. Ravi de te voir.

En réalité, Duarte était tout sauf ravi. Pour une fois qu'il ne pensait pas à l'enquête, qu'il ne ruminait pas ses pensées de vengeance… Il alla néanmoins serrer la main d'Angelus et l'embrassa sur les deux joues comme à son habitude.

Le vieil ami de son père était un homme mince, mais il paraissait encore plus mince qu'à leur dernière rencontre. L'impression de vulnérabilité qui se dégageait de lui était encore accentuée par le fait qu'il s'appuyait lourdement sur la canne dont il ne pouvait se passer, à cause de la blessure dont il n'était pas encore complètement remis.

— Tu n'as jamais su mentir, Duarte, commença-t-il avec un petit rire moqueur. Je suis désolé de venir t'importuner ici, alors que tu es en charmante compagnie…

Du coin de l'œil, Duarte vit Nora se lever et s'entretenir avec Inés, qui venait de la rejoindre.

Entraînant Angelus dans le hall, il l'invita à entrer dans le bureau où lui-même ne mettait quasiment jamais les pieds. Il avait toujours détesté cette pièce, même à l'époque où son père y travaillait durant les longs étés passés à la propriété.

Il s'assit dans l'un des fauteuils et désigna l'autre à Angelus, avant de lui demander s'il voulait du café.

— Non, merci.

En voyant son interlocuteur demeurer silencieux, Duarte se sentit gagné par un étrange pressentiment.

— J'ai des nouvelles, reprit Angelus en ouvrant le dossier peu épais qu'il tenait à la main. L'examen du contenu de la clé USB s'est avéré… fructueux.

— Parfait, acquiesça Duarte en voulant saisir le dossier.

Angelus écarta celui-ci.

— Il est question de tes parents.

Il tourna la tête vers la fenêtre et contempla le paysage en silence. Quand il regarda de nouveau Duarte, ses yeux étaient embués.

— Leur mort n'était pas accidentelle, Duarte.

L'univers s'arrêta un instant de tourner. Duarte se leva et s'empara du dossier d'un geste brusque.

Le pouls lui martelant les tempes, il lut la première page. Il s'agissait d'une liste de noms, ceux des hommes de main travaillant pour Cabo, accompagnés de l'intitulé de la tâche qui leur était attribuée, d'une date et de la somme perçue une fois la mission terminée. Une ligne était soulignée.

Londres, Angleterre. Cible : Guillermo et Rose Avelar.

La date remontait à sept ans plus tôt.

Duarte ferma les yeux, refusant d'admettre l'horrible vérité. Ses parents avaient été des gens bons et généreux. Son père, unique héritier d'une fortune colossale, avait tout investi dans un projet destiné à aider ceux qui n'avaient pas eu sa chance. La Fondation Avelar, basée à Rio et créée avec sa femme d'origine anglaise, Rose, était célèbre dans le monde entier. Il ne pouvait supporter la pensée que leur courage, leur obstination et leur refus de plier devant des salauds corrompus jusqu'à l'os les aient conduits à la mort.

Lui-même avait failli connaître le même sort…

— Ces informations se trouvaient sur la clé USB que Nora m'a remise ? demanda-t-il d'une voix blanche.

Angelus poussa un long soupir.

— Je voulais justement t'en parler. Nous avons arrêté quelques-uns des acolytes de Cabo et les avons interrogés. Une fois qu'ils ont compris que nous avions des preuves solides contre eux, cela n'a pas été très difficile de les faire parler. Et ils savaient qui était notre informateur : la seule personne que Lionel Cabo ait jamais laissée quitter l'organisation vivante. La seule ayant accès à des informations aussi confidentielles, pour la bonne raison qu'elle vivait sous son toit. Sa fille, Duarte. Il avait veillé à ce que son identité reste secrète, mais nous avons tout découvert.

Le fidèle ami de son père lui tendit un autre dossier qui contenait les photos de nombreux passeports et divers documents d'identité, portant tous des noms différents. Ainsi que la copie de l'original d'un acte de naissance. Celui d'Eleanora Cabo.

L'espace d'un instant, Duarte sentit le sol basculer sous ses pieds.

Eleanora Cabo.

Pétrifié, il contempla la photographie d'identité montrant

un visage au regard sérieux. Celui de la femme à qui il avait fait l'amour toute la nuit.

— Comment est-ce possible ? demanda-t-il en levant les yeux vers Angelus.

— Sa mère est une écologiste irlandaise qui dirige actuellement une réserve naturelle à Manaus. Elle a divorcé d'avec Lionel Cabo au bout d'un an de mariage, divorce probablement lié à des violences infligées par un homme dont elle a refusé de dévoiler l'identité. Elle a obtenu de changer le nom de sa fille et d'interdire à son géniteur de tenter de la voir jusqu'à sa majorité. Si nos sources sont exactes, la jeune femme a repris contact avec son père dès ses dix-huit ans.

Un goût de nausée lui monta aux lèvres.

La fille de Lionel Cabo. L'homme qui avait fait assassiner ses parents. Et qui, sept ans plus tard, avait essayé de l'éliminer à son tour.

Un mélange d'incrédulité et de rage l'envahit. Ses tempes se mirent à vibrer. Un flash lui traversa l'esprit, si précis qu'il en eut le vertige. Il se vit dans l'immense hall d'une demeure vue en photo au cours de son enquête : le manoir de Cabo. Il toisait la femme qui lui faisait face et lui assénait des paroles cruelles.

Nora, avec les cheveux plus courts, coupés au carré. Elle lui saisissait soudain les poignets en le suppliant. « Duarte, je t'en supplie… Ne me laisse pas avec lui… »

C'était bien un souvenir… Pas un rêve !

Duarte se détourna et se dirigea vers la fenêtre. Il appuya le front contre la vitre, assailli par d'autres souvenirs tout aussi vivaces.

La première fois qu'il l'avait aperçue… L'attirance immédiate ressentie pour elle, dans le club de samba archi bondé.

Elle l'avait séduit au premier regard. Elle était sexy mais timide, follement intelligente et ouverte d'esprit. Il adorait être avec elle, même s'ils ne se voyaient jamais que quelques heures à la fois. À sa grande surprise, il avait découvert dès le premier soir qu'elle n'avait aucune expérience en matière de sexe. Mais elle était avide d'apprendre et très bonne élève. Quant à lui, il avait pris un plaisir immense à l'initier aux choses de l'amour.

Il était fou d'elle. Cette femme délicieuse l'obsédait. Jour et nuit. Il commençait à se dire qu'il était bel et bien tombé amoureux, lorsque Cabo l'avait approché et lui avait ouvert les yeux.

Tout avait alors pris un sens terrifiant et sordide. Il s'était fait avoir comme un imbécile. Elle avait joué son rôle à la perfection. Et quand l'occasion s'était présentée de la prendre à son propre jeu il n'avait pas hésité. Il avait obtenu un rendez-vous avec Cabo chez lui, sous le nez de Nora, et l'avait laissé parler, avant de lui renvoyer sa sale proposition à la figure.

Il se remémora la dernière soirée passée avec elle. Ils s'étaient endormis dans les bras l'un de l'autre, et Nora s'était réveillée en proie à une panique épouvantable. Il avait dû courir après elle et la persuader de le laisser la raccompagner chez elle. Elle avait refusé, disant que son père était surprotecteur. Que c'était à cause de cela qu'elle ne le voyait jamais que durant quelques heures. Elle devait s'en aller en cachette. Elle n'avait pas la permission de sortir seule.

Duarte l'avait crue, avant de découvrir la vérité peu après.

Il revit le visage de Nora tandis qu'elle le suppliait de ne pas la laisser seule avec son père. La Nora qu'il connaissait n'aurait jamais mendié. À moins d'être désespérée. Elle était prisonnière de son propre père et lui, il l'avait abandonnée à son sort. Il l'avait utilisée lâchement. Comme Cabo.

Cela faisait-il de lui un salaud ? Il passa nerveusement la main sur sa cicatrice. Nora l'avait pris pour un imbécile encore une fois. Durant tout ce temps, elle avait eu en sa possession la clé USB dont le contenu suffisait à prouver la culpabilité de son père. Il l'avait accueillie chez lui, ils avaient pris leurs repas ensemble, elle avait couché avec lui, et pas une seule fois elle n'avait songé à lui parler. Elle avait dit avoir cette clé depuis des mois et s'en servir comme d'une assurance. Par conséquent, elle savait ce qu'elle contenait. Avait-elle vu le nom de ses parents sur cette liste de personnes à éliminer ?

La douleur qui lui étreignait les tempes s'accentua. La résurgence des souvenirs enfouis provoquait une souffrance atroce qui lui lancinait le crâne.

— Cela fait beaucoup de choses à encaisser, dit Angelus en soupirant à nouveau. Que comptes-tu faire avec elle ?

Duarte fronça les sourcils.

— Que veux-tu dire ?

— Eh bien, je suis venu ici pour te parler en premier. Pour te prévenir que la police va arrêter Cabo et sa fille.

— Non ! lança Duarte d'une voix sourde.

Angelus pinça les lèvres et le considéra d'un air songeur.

— Cette femme est la fille d'un criminel, Duarte. Elle a travaillé pour lui. Elle savait probablement que tes parents avaient été assassinés et elle l'a gardé pour elle.

— Elle m'a remis ces preuves de son plein gré. Cela plaide en sa faveur, non ?

— As-tu une relation intime avec elle ?

Duarte se contentant de répondre par un juron étouffé, Angelus le dévisagea un instant en silence, puis reprit, plus durement :

— Cela pourrait faire partie du plan de Cabo. Arranger ces retrouvailles de manière à ce que tu tombes amoureux d'elle. « Les chiens ne font pas des chats », comme dit le proverbe.

— Ne parle pas d'elle de cette façon, rétorqua brutalement Duarte.

Il s'en voulut aussitôt et se pinça l'arête du nez.

— Elle t'a menti du début à la fin !

— Quand je l'ai retrouvée, elle était sur le point d'accoucher et elle était recherchée par des hommes qu'elle craint. J'ai vite soupçonné qu'elle faisait partie de l'organisation. Sa relation personnelle avec Cabo ne regarde qu'elle. Elle ne m'a rien fait.

Sauf lui mentir. De manière très convaincante.

— Elle a un enfant ? demanda Fiero en plissant le front. Il n'y a aucune mention de cela dans les différents dossiers.

— Il est né le jour de mon arrivée à Rio. C'est pour cette raison que je l'ai prise sous ma protection.

Il ne précisa pas qu'il l'avait gardée plus longtemps avec lui parce qu'il aimait sa compagnie et lui faisait lentement la cour. Angelus l'observait avec attention. Duarte l'entendait quasiment lui crier en silence de cesser de faire l'idiot.

— Il va me falloir du temps pour assimiler tout cela.

Son vieil ami hocha la tête et s'en alla aussi discrètement qu'il était apparu en s'appuyant sur sa canne.

Après son départ, Duarte resta un long moment devant la fenêtre sans rien voir, se repassant en boucle les informations qu'il venait d'apprendre et se demandant pourquoi il ne pouvait s'empêcher de penser que quelque chose ne collait pas dans cette histoire.

Nora recoucha Liam pour sa sieste du matin et quitta la chambre avant de s'arrêter net en haut de l'escalier en voyant Angelus Fiero apparaître dans le hall d'entrée.

Elle avait les nerfs à vif depuis qu'elle avait regagné sa chambre à l'aube. Elle aurait aimé réveiller Duarte avant de partir et tout lui dire. Mais il dormait si profondément qu'elle n'en avait pas eu le courage. Et puis Liam réclamerait bientôt son premier biberon.

Un peu plus tôt, lorsque Inés lui avait dit qu'un visiteur, Angelus Fiero, venait d'arriver et s'entretenait en privé avec Duarte, elle avait eu du mal à dissimuler son appréhension. Si jamais Duarte apprenait la vérité par quelqu'un d'autre qu'elle…

L'apercevant en haut des marches, l'homme élégant aux cheveux poivre et sel s'immobilisa un bref instant, avant de tourner les yeux vers la porte du bureau ouverte au fond de l'immense hall.

— Voici donc notre informatrice désintéressée.

Il la regarda en plissant les yeux.

— Vous deviez bien savoir qu'en nous remettant cette clé USB nous découvririons votre identité… Eleanora ?

Quand elle s'entendit appeler par le prénom figurant sur son acte de naissance, elle sentit quelque chose se briser en elle. Il savait. Par conséquent, Duarte aussi. Elle avait attendu trop longtemps pour tout lui avouer, et maintenant…

Angelus Fiero secoua tristement la tête.

— À titre d'information, sachez que j'étais venu ici en pensant repartir avec vous encadrée par deux policiers.

Un froid glacial se répandit en elle.

— Mais vous pouvez vous détendre. Votre petit plan de séduction a bien fonctionné. Félicitations !

Il baissa les yeux et ôta une poussière microscopique du revers de sa veste avant d'ajouter :

— Duarte possède une qualité rare : la bonté.

— Je n'avais rien planifié du tout, se défendit Nora, les jambes tremblantes.

Fiero haussa un sourcil, l'air sincèrement surpris.

— Peu importe. Cela ne change rien à la situation, de toute façon. Au revoir, *señorita* Cabo.

Elle le regarda ouvrir la porte d'une main en s'appuyant sur sa canne de l'autre, s'avancer et refermer derrière lui. Quelques instants plus tard, une voiture démarrait, puis ce fut le silence.

Nora aurait voulu lui crier qu'elle ne s'appelait pas *Cabo*. Qu'elle n'avait jamais porté ce nom. Elle avait peut-être été affreusement naïve d'aller vivre avec son père à sa majorité, mais elle avait toujours conservé le nom de sa mère. Sauf sur son acte de naissance et sur ses faux papiers d'identité, évidemment.

Lentement, elle descendit au rez-de-chaussée et, le cœur battant à tout rompre, s'avança vers la porte ouverte au fond du hall. Elle s'arrêta et s'appuya au mur dans l'espoir d'y trouver un soutien.

Pourquoi tout était-il si douloureux ? Pourquoi elle et Duarte semblaient-ils inexorablement voués à se faire du mal ?

Elle contempla la haute silhouette immobile devant la fenêtre. Le dos tourné, les mains appuyées sur le rebord en bois, Duarte paraissait perdu dans ses pensées.

Un silence absolu régnait. Nora n'entendait que les battements saccadés de son propre cœur.

— Je suppose que tu as croisé Angelus Fiero sur ton chemin ? demanda soudain Duarte sans se retourner.

Elle tressaillit violemment. Plus aucune émotion, dans la belle voix grave. Plus la moindre trace de cette gentillesse à laquelle il l'avait accoutumée.

— Oui.

La sensation des bras puissants refermés sur elle lui manquait déjà. La merveilleuse chaleur virile, la douceur de ses mains…

Lorsqu'il se retourna tout à coup et croisa les bras sur sa poitrine, elle en eut le souffle coupé. Il avait le même regard que ce jour horrible, à Rio, dans le hall d'entrée du manoir de son père.

— Tu n'as rien à dire ? fit-il d'un ton glacial.

— Je comptais te parler. Une fois certaine que tu ne me dénoncerais pas à la police…

Elle inspira profondément pour se donner du courage.

— Je m'étais promis de tout te dire hier soir, mais… c'était si merveilleux… Je n'ai pas trouvé les mots… ni le moment. J'ai été lâche.

— En effet, répliqua-t-il avec hauteur. Étais-tu au courant de l'implication de ton père dans la mort de mes parents ?

La mort de ses parents ? Lionel Cabo n'avait pas…

— Que veux-tu dire ?

— Il les a fait supprimer. Ce n'était pas un accident.

Duarte se dirigea vers l'imposant bureau et poussa un dossier vers elle. Nora s'avança et le souleva d'une main tremblante, l'ouvrit et lut le rapport de l'enquêteur qui avait vérifié l'exactitude de ces informations.

À mesure qu'elle découvrait la hideuse vérité, elle se sentit prise d'une violente nausée. Elle se posa la main sur la gorge.

— Je crois que je vais vomir…, murmura-t-elle en lâchant le dossier.

Comme au ralenti, elle vit les feuilles de papier s'éparpiller sur le plancher. Puis elle entendit Duarte se rapprocher d'elle et sentit qu'il lui prenait le coude pour la guider vers un fauteuil. Une fois assise, elle inspira lentement, expira… et recommença, jusqu'à ce que la nausée et la sensation de vertige disparaissent.

Lorsqu'elle leva les yeux, Duarte se tenait à un mètre d'elle et l'observait, tel un fauve prêt à fondre sur sa proie.

— Je te jure que je ne le savais pas, dit-elle en secouant la tête. Je lui souhaite de brûler en enfer.

— Je compte faire en sorte qu'il reste en prison jusqu'à la fin de sa misérable vie, répliqua Duarte en détournant les yeux.

— C'est trop bon pour lui, la prison.

— Et toi ? demanda-t-il en la regardant à nouveau. Tu m'as remis cette clé USB en sachant qu'elle contenait des preuves suffisantes pour te faire arrêter aussi.

— J'espérais que tu comprendrais. J'ai choisi de… de te faire confiance.

— Pardon ? riposta-t-il en haussant le ton. Tu as *choisi* de *me* faire confiance ? Je ne t'ai jamais menti. Je t'ai accordé du temps et de la patience.

Il fit un pas vers elle, les yeux étincelants, ses traits nobles empreints d'une expression de dégoût. C'était le moment de lui dire toute la vérité. Il le méritait.

— Tu es venu à Rio pour participer à l'hommage posthume rendu à tes parents à l'occasion de la fête nationale du Brésil. J'ai été envoyée vers toi dans le but de te soutirer des informations que mon père pourrait utiliser pour te faire chanter et te forcer à lui céder les terrains qu'il convoitait.

Incapable de soutenir le regard de Duarte, Nora posa les mains sur ses genoux et baissa les yeux.

— Nous avons dansé ensemble, flirté, puis nous sommes allés nous promener sur la plage. Tu m'as confié des tas de détails que j'aurais pu utiliser contre toi. Sur ta sœur, sur tes projets. Tu étais aussi stupéfait que moi d'en avoir autant dit. Après notre premier baiser, j'ai décidé de braver mon père et de lui dire que le dispositif d'enregistrement n'avait pas fonctionné. Je t'aimais bien. Plus tard, je t'ai raconté que j'allais aux toilettes et je me suis enfuie. Mais le jour suivant tu es venu m'attendre devant la fac. J'avais fait allusion à mes études d'architecture, et tu voulais me rendre mon manteau…

Elle s'interrompit au souvenir de l'instant où elle l'avait aperçu, les reins appuyés contre le capot d'une voiture de sport, tandis que ses amies étudiantes le regardaient en écarquillant les yeux.

— Mais ce n'est pas tout, répliqua Duarte. Je me souviens… d'autre chose.

— Oui, cela ne s'est pas arrêté là, acquiesça Nora. Tu es resté à Rio une semaine, et nous nous sommes vus plusieurs fois. Tu es revenu quelques jours plus tard, et nous avons poursuivi notre liaison. Cela a duré un mois, jusqu'à ce que mon père découvre ce qui se passait.

— Il a menacé de te punir…, dit lentement Duarte.

— Oui, pour te forcer la main, mais tu es parti.

— D'après mon passeport, je suis revenu encore une fois au Brésil, deux mois plus tard.

— Tu as réussi à me retrouver. Tu étais furieux, mais nous ne pouvions jamais résister bien longtemps au désir qui nous poussait l'un vers l'autre. C'est moi qui t'ai quitté, cette fois-là. Mais… nous avions eu un rapport non protégé.

Nora vit un éclat incendier les yeux de Duarte. Il avait compris. Il la regarda en plissant les paupières, déglutit et chuchota d'une voix rauque :

— Tu veux dire que… Liam… ?

— Je n'ai jamais voulu te mentir, murmura-t-elle.

Comment lui expliquer pourquoi elle avait attendu ? Lui faire comprendre que, si elle avait pu revenir en arrière, elle lui aurait tout dit dès l'instant où il était apparu dans la rue ce jour-là ? C'était un tel gâchis, à présent…

Le temps parut s'arrêter. Ils restèrent un long moment à

se dévisager en silence tandis que Nora cherchait en vain un moyen de s'expliquer…

— Tu es certaine que je suis son père ?

Elle ferma les yeux pour refouler ses larmes. Elle ne pleurerait pas devant lui.

— Oui, chuchota-t-elle. Liam est ton fils.

9.

Mon fils. Il avait un fils.

Un petit garçon qu'il avait protégé dès sa venue au monde...

Duarte ferma les paupières et déglutit avec peine. Quand il les rouvrit, le regard de Nora était dardé sur lui, si innocent et si triste que l'espace d'un instant il en eut le cœur serré malgré lui.

— Tu comptais me le dire un jour ? demanda-t-il avec colère en s'avançant vers elle.

Elle tressaillit et recula, mais il se fichait bien de la brusquer, à présent.

— Tu ne comprends pas...

— Eh bien, explique-moi ! tonna-t-il.

Les épaules fines et rondes s'affaissèrent, et elle blêmit. Duarte se rapprocha d'elle et la domina de toute sa hauteur.

— Explique-moi pourquoi, même après avoir découvert que j'étais toujours en vie, même après que je t'ai offert ma protection et prouvé que je ne représentais aucun danger pour toi, tu as continué à me cacher que Liam était mon fils !

— J'ai voulu te le dire dès le premier instant, mais je me méfiais de toi. Je devais être certaine de pouvoir te faire confiance. Tu sais qui est mon père, tu sais comment il réagirait s'il apprenait que, non seulement tu es toujours vivant, mais que j'ai mis au monde *ton fils*. J'ai agi comme je l'ai fait pour nous protéger tous les deux. Pour protéger Liam.

Sa voix se brisa sur le dernier mot. C'était la première fois qu'il la voyait aussi démunie. Elle baissa les yeux et se mordit la lèvre, sans doute pour retenir ses larmes.

— Mon fils passe avant tout le reste, reprit-elle. Il n'a pas demandé à naître dans un monde menaçant et dangereux. Il est de mon devoir de veiller à sa sécurité.

— Tu crois que je permettrais que l'on fasse du mal à mon enfant ?

Le fait de prononcer ces mots à haute voix lui parut à la fois étrange et juste. Liam était *son* enfant.

— Je méritais de savoir, poursuivit-il. Pendant tout ce temps que nous avons passé ensemble…

Elle le regarda, les yeux brillants de larmes.

— Tu ne peux pas savoir comme je suis désolée. Je n'ai jamais souhaité te faire du mal. Je crois que c'est pour cela que j'ai repoussé le moment de te dire la vérité.

— Ce n'était pas à toi d'en décider.

— Je me suis trompée et je m'y suis mal prise, c'est vrai. Mais essaye de comprendre que je suis la fille d'un homme riche, qui est persuadé d'être le seigneur et maître en toutes choses. Ma mère a failli mourir en essayant de me protéger. Puis en faisant tout pour l'empêcher de m'enlever quand elle a décidé de le quitter. Je sais trop bien ce que c'est que d'être lié à un homme puissant.

— Je *t'interdis* de me comparer à lui.

— Je ne te compare pas à lui, se défendit-elle en lui effleurant le bras. Tu n'as rien de commun avec mon père, je le sais, maintenant. Mais quand tu es revenu… Après que mon père avait découvert notre liaison et était allé te trouver… Tu sais qu'il m'a menacée… Il a menacé de faire appel à des amis pour me tabasser parce que je l'avais défié en te fréquentant.

— Il t'a offerte à moi comme une marchandise, acquiesça Duarte en hochant la tête. Il voulait faire du troc.

— Et tu as dit clairement que tu ne ressentais rien pour moi. Que je n'étais rien pour toi.

Un frisson glacé le parcourut.

— Il t'a frappée ?

— Non, il ne m'a pas touchée physiquement, répondit Nora en détournant les yeux. Mon père a toujours préféré la torture psychologique. Il m'a forcée à aller au dîner organisé par la Fondation Avelar, le soir de ton enlèvement. Il a veillé à ce que je les voie faire. J'ai crié, je me suis débattue, mais j'ai été bâillonnée et ligotée, puis ramenée chez mon père. Là, il m'a enfermée pour que je ne puisse pas demander de l'aide.

Elle croisa les bras sur son buste.

— C'est à ce moment-là que je me suis sentie anormalement fatiguée et que j'ai commencé à avoir des nausées. J'ai fait le calcul et compris que j'étais enceinte.

— Il l'a su ?

— Il a appelé un médecin qui a confirmé une grossesse. Il était furieux, mais… soudain il a souri. Et il a dit que maintenant il détenait une arme supplémentaire contre toi… Ce soir-là, il avait une réunion avec ses amis politiciens. Je savais que le temps m'était compté, alors j'ai demandé à être hospitalisée en disant que je ne pouvais garder aucun aliment et qu'il fallait me réhydrater et me réalimenter par voie intraveineuse. Une fois à l'hôpital, j'ai réussi à échapper à mes gardes, j'ai emprunté un téléphone portable et j'ai découvert où ils vous retenaient prisonniers, Valerio et toi. J'ai envoyé un message à Angelus Fiero en priant pour qu'il arrive à temps. Mais quand, moi, je suis arrivée, ils t'avaient déjà abattu.

— Tu m'as dit… Tu m'as supplié de rester en vie pour vous deux.

Elle hocha la tête en silence.

La gorge nouée par l'émotion, Duarte se détourna pour tâcher de se concentrer sur les souvenirs qui tournoyaient dans son esprit comme des ondes insaisissables, lui faisant vibrer douloureusement les tempes. Nora semblait dire la vérité, mais quelque chose résistait en lui, refusait de croire qu'elle était elle aussi une victime.

Elle lui avait tellement menti…

— Ton père est au courant, pour Liam ? demanda-t-il d'une voix dure.

— Quand je t'ai cru mort, je lui ai dit que j'avais perdu le bébé. Il a dû se sentir plus ou moins coupable. C'est la seule raison pour laquelle il m'a laissée partir, quitter l'organisation. J'avais peur qu'il s'en prenne à ton héritier, qu'il se serve de lui pour obtenir les terrains qu'il convoitait. J'ai dissimulé ma grossesse et fait de mon mieux pour terminer mon année universitaire, puis j'ai planifié mon départ de Rio. Tu connais la suite.

— Il me faut un test de paternité.

Un nouveau frisson la parcourut, et elle hocha la tête en silence, mais il ignora sa détresse. Elle lui avait menti, bon sang ! Elle avait toujours conservé intacts ces souvenirs que lui commençait seulement à retrouver. Et pourtant elle avait été capable de jouer la comédie, de faire comme s'ils ne se connaissaient pas.

— Si Liam est bien mon fils…, commença Duarte, les mâchoires crispées. Je ne permettrai pas que tu l'éloignes de moi, Nora.

— Je sais.

— Tes actes ont pourtant montré le contraire. Comment puis-je être sûr qu'il ne s'agit pas d'une nouvelle manœuvre tordue orchestrée par Cabo ? Tu es sa fille, après tout.

Cette fois, elle eut un mouvement de recul, comme s'il l'avait giflée.

— Tu peux me faire confiance.

À ces mots, il éclata d'un rire dur et amer.

— De la même façon que tu m'as fait confiance jusqu'à présent, c'est ça ?

Elle redressa le menton et le regarda droit dans les yeux.

— Liam est son petit-fils, le sang de mon père coule dans ses veines. Lui en voudras-tu à cause de cela ? On ne choisit pas ses parents.

— Comment savoir si tu ne vas pas disparaître à la première occasion ? Où avais-tu prévu d'aller, après avoir quitté Rio ?

— J'ai grandi à Manaus, dans une petite réserve naturelle. J'en étais partie parce que j'en avais assez d'être aussi isolée, à l'époque, dit-elle avec un haussement d'épaules. Mais j'ai changé depuis et je comptais repartir de zéro avec Liam dans un endroit où il serait en sécurité, loin de mon père et de ses sales machinations.

— Si je ne t'avais pas amenée ici… Si nous ne nous étions pas rapprochés…, m'aurais-tu dit la vérité un jour ?

— Je ne sais pas, répondit-elle en soutenant son regard.

Ce fut Duarte qui détourna les yeux. Il n'arrivait pas à admettre qu'elle ait envisagé de partir, qu'elle aurait pu continuer à lui cacher une chose aussi importante.

La colère enfla en lui. Il ne supportait pas de penser qu'elle aurait pu quitter le Brésil avec son fils. Il devait prendre de la distance par rapport à elle. Il se sentait sur le fil du rasoir, entre raison et folie.

Un petit cri monta du récepteur que Nora emportait partout avec elle. Il la regarda et lui fit signe d'y aller, puis se détourna en se pinçant l'arête du nez.

Il hésita un instant puis lui emboîta le pas, incapable de résister au désir de la suivre.

Les fenêtres et les volets de la chambre étaient fermés. Nora se pencha au-dessus du berceau et souleva le bébé dans ses bras. Duarte se rapprocha et contempla le petit visage de son fils. Comment avait-il pu être aveugle à ce point ? Liam avait les grands yeux de sa mère, mais pour le reste… La couleur de la peau, la fossette au milieu du menton…

Il tendit la main, effleura le creux minuscule et se rappela l'instant où, dans la chambre de l'hôpital, la petite menotte lui avait agrippé le doigt. Liam avait-il senti qu'il était en sécurité avec son père ? Garderait-il un quelconque souvenir de ses deux premiers mois ?

Tous ses doutes s'évaporèrent. Il n'avait pas besoin de test de paternité.

Liam était son fils.

Il releva la tête. Nora l'observait, les yeux brillants d'émotion. Il s'éclaircit la voix et recula.

— L'inauguration de la filiale de Fort Lauderdale a lieu dans quelques jours. Autant partir dès maintenant. Tu peux commencer à préparer tes bagages.

— Tu veux nous emmener ? demanda-t-elle.

Malgré le calme de sa voix, une lueur rebelle avait traversé son regard bleu-gris.

— Tant que ton père ne sera pas sous les verrous, vous resterez sous ma surveillance. J'ai dit que je vous protégerais et je n'ai pas changé d'avis.

— Très bien, murmura-t-elle, radoucie. Sache que je suis vraiment désolée, Duarte…

Il pinça les lèvres et se détourna.

— J'ai des coups de fil à passer.

Une fois redescendu au rez-de-chaussée, il sortit de la maison, longea la piscine, traversa le jardin et suivit le chemin qui conduisait à la plage. Quand il arriva sur le sable, il laissa sa chemise et ses chaussures au pied d'un arbre et se mit à courir pour évacuer toute sa rage et toute sa souffrance, jusqu'à la limite de ses forces.

Ayant à peine fermé l'œil de la nuit, Nora trouva particulièrement éprouvant de passer huit heures dans un avion, à côté d'un homme qui ne desserrait pas les dents.

Duarte paraissait… éteint. Comme si toute sa belle énergie l'avait quitté. Il n'aurait servi à rien d'essayer d'entamer la conversation avec lui, aussi regarda-t-elle un film sur son écran, tandis qu'il travaillait pour sa part sur son ordinateur portable. Résultat, elle était ivre de fatigue lorsqu'ils descendirent de l'appareil.

Elle retint un soupir de soulagement en voyant qu'un 4x4 noir les attendait sur le tarmac. Et quand, un peu plus tard, le chauffeur s'arrêta à l'entrée de la marina pour venir ouvrir sa portière, elle offrit un instant son visage au soleil.

L'humidité était presque aussi prégnante qu'à Manaus, mais l'environnement ne ressemblait en rien à celui de la réserve naturelle. On voyait partout des gens bien habillés et visiblement très riches qui descendaient ou montaient à bord de voitures luxueuses.

Indifférent aux femmes qui le suivaient des yeux avec une convoitise non dissimulée, Duarte s'avança sur le ponton en poussant le landau. Dans son pantalon en lin anthracite et son polo gris perle, il était tout bonnement magnifique.

Il sourit à une femme élégante qui se présenta à Nora comme étant l'une de ses assistantes, puis il demanda à un jeune homme d'aller chercher leurs affaires, avant de se diriger à grands pas vers un énorme yacht qui mouillait à l'extrémité du quai.

Lorsqu'ils furent à bord du *Sirinetta II*, les membres du personnel s'empressèrent autour d'eux, accueillant Nora avec de grands sourires et des regards curieux mais bienveillants. Tout le monde adorait Duarte, manifestement…

Quelques instants plus tard, celui-ci installait Liam dans le berceau préparé pour lui dans l'une des cabines. Il demanda que le dîner soit servi dans la salle à manger, puis annonça à Nora qu'il allait d'abord faire quelques longueurs.

Elle hésita à aller s'allonger, mais finit par se servir un verre de vin en attendant patiemment son retour.

Quand il la rejoignit, vêtu d'un seul jean taille basse et les cheveux encore mouillés, elle retint une exclamation.

Durant le dîner, elle fit l'effort de lui poser quelques questions sur la nouvelle filiale. Il y répondit brièvement et d'une voix sèche, si bien qu'elle se retrancha vite dans le silence. À vrai dire, l'attitude de Duarte lui avait coupé l'appétit.

— Si tu ne termines pas ton dessert, nous pouvons sortir de table, lui dit-il.

— Je pensais que nous pourrions parler de…

— Je n'ai pas envie de parler avec toi ce soir, répliqua-t-il froidement.

— Duarte… J'ai commis des erreurs, je sais…, commença-t-elle en redressant les épaules et en soutenant son regard furieux, mais je ne supporterai pas d'être reléguée dans une cabine de ce yacht, aussi luxueuse soit-elle, et de devoir endurer ton silence glacial lorsque tu daigneras tolérer ma présence. Je t'ai accompagné pour que nous puissions discuter et essayer de trouver un terrain d'entente.

— Il y a un seul terrain sur lequel nous nous soyons jamais entendus sans faux-semblants, déclara-t-il en s'adossant à son siège avec un sourire cynique. Et si ce moyen de communication t'intéresse toujours je n'ai rien contre.

Nora se leva en repoussant sa chaise.

— C'est ça, ton idée ? Te livrer à ce petit jeu cruel à chaque fois que tu consentiras à m'adresser la parole ?

— Ne me tente pas, *querida.*

Les joues rose vif, les yeux étincelants, elle posa les mains sur la table et le foudroya du regard.

— Je t'en prie, focalise-toi sur mes erreurs. C'est plus facile que de reconnaître le rôle que, toi, tu as joué dans cette histoire.

— Quel rôle, exactement ?

— Tu m'as dit que tu n'avais jamais rien vécu d'aussi intense que ce que nous avons partagé à Rio. J'étais vierge, et cela ne t'a pas rebuté. Grâce à toi, pour la première fois de ma vie, je me suis sentie maîtresse de mon corps et de mes décisions. Mais lorsque tu as appris la vérité tu m'as reniée et abandonnée sans la moindre hésitation, sans le moindre regret, après avoir déclaré que je n'avais aucune valeur à tes yeux et que j'étais stupide.

— Tu étais peut-être vierge mais pas innocente, répliqua Duarte. Tu as aussi peu de scrupules que moi, à tous les niveaux.

Les yeux bleu-gris s'assombrirent, et elle se passa la langue sur les lèvres. Il savait qu'il faisait preuve d'une cruauté inouïe envers elle, mais il ne pouvait s'en empêcher.

Au lieu de riposter comme il s'y attendait, Nora se contenta de se redresser et de se détourner en soupirant.

— Cesse de me punir, Duarte…, murmura-t-elle.

À ces mots, il se leva et la rejoignit en une seconde. Lorsqu'il lui saisit les poignets et l'attira contre lui, elle ne lui opposa aucune résistance, lui offrant ses lèvres et répondant avec fièvre à son baiser.

Les longueurs de bassin qu'il s'était infligées impitoyablement n'avaient apaisé en rien le feu qui le consumait. Les images de la nuit qu'ils avaient passée ensemble le hantaient sans répit, douloureuses. Il s'en voulait de penser autant à Nora, à la sensation de son corps souple et doux contre le sien. En dépit des révélations de ces dernières vingt-quatre heures, il était incapable de se concentrer sur quoi que ce soit. La sensualité de Nora occupait toutes ses pensées.

— Si je voulais te punir, je saurais très bien comment m'y prendre, assura-t-il en promenant les lèvres sur le cou gracile.

Alors, d'un geste brusque, il lui remonta le T-shirt en coton au-dessus des seins.

— Et tu me supplierais de continuer, crois-moi…, ajouta-t-il dans un souffle.

— Qu'est-ce qui nous arrive ? chuchota-t-elle. Qu'est-ce que tu fais ?

— Je vais te prendre, là, maintenant, murmura-t-il contre la peau satinée. Et sans m'embarrasser de préliminaires…

— Non.

Elle le repoussa et redescendit son T-shirt à la hâte.

— Je ne peux pas être ça pour toi… Même si tu as des raisons d'être furieux contre moi. Je ne veux pas être utilisée.

— Je ne…

Aucun mot ne lui vint à l'esprit. Elle avait raison. Il était en colère et il se servait d'elle, de son corps, parce que c'était plus facile de se perdre dans le plaisir que de regarder en face les émotions qui rugissaient en lui. Il ne pouvait supporter de penser à la trahison de la femme adorable qu'il avait crue sincère. Ni ne parvenait à associer la Nora qu'il avait appris à connaître à celle rencontrée autrefois. À celle qui travaillait pour Lionel Cabo.

Elle recula, le regard empreint d'une immense tristesse. Duarte la laissa partir. Il avait besoin de mettre de la distance entre eux. Et de comprendre ce qui se passait en lui.

10.

Nora se réveilla en sursaut et vit un large faisceau de lumière passer entre les rideaux restés entrouverts.

Se tournant vers le berceau installé à côté du lit, elle tressaillit. Il était vide.

Prise de panique, elle se précipita vers le salon, qu'elle trouva désert. Au moment où elle en ressortait, elle entendit un léger ronflement provenant de la plus grande des cabines, à l'extrémité du couloir.

Doucement, elle poussa la porte entrebâillée et s'immobilisa en retenant son souffle, de crainte de troubler la scène incroyable qui s'offrait à ses yeux.

Torse nu, un bras remonté au-dessus de la tête, Duarte était allongé sur le dos, et Liam dormait à côté de lui, protégé d'un côté par le corps de son père et par une haie de coussins de l'autre. Elle se posa la main sur le cœur pour tenter d'en calmer les battements précipités.

Depuis combien de temps contemplait-elle ce merveilleux tableau, partagée entre la joie et le désespoir ? Elle n'aurait su le dire. Soudain, elle s'aperçut que Duarte avait ouvert les yeux et la regardait avec une expression indéchiffrable.

Il se leva avec précaution et posa un doigt sur ses lèvres en lui faisant signe de le suivre.

— Je ne l'ai même pas entendu pleurer…, dit-elle dès qu'ils furent dans le couloir.

— Je n'étais pas encore couché quand il a commencé à s'agiter et j'ai préféré te laisser dormir.

Étouffant un bâillement, il s'étira, les bras au-dessus de la tête, mettant en évidence sa puissante musculature. Malgré elle, Nora baissa les yeux sur le jean taille basse et fut traversée par une bouffée de désir si vive qu'elle préféra se concentrer sur la poignée de la porte.

— Il va continuer à dormir un moment, je crois, déclara Duarte en lui tendant le récepteur. Je vais demander que le petit déjeuner soit servi sur le pont principal. J'aimerais discuter de certaines choses avec toi.

Elle sentit sa poitrine se serrer à ces mots et s'efforça de ne pas repenser au scénario horrible qu'elle avait imaginé.

— D'accord, acquiesça-t-elle d'un ton neutre. Je vais prendre une douche rapide et je te rejoins. Tes employés sont trop chics pour que je me présente à eux dans cette tenue.

Lentement, il promena le regard sur son débardeur blanc et son pantalon de pyjama en jersey de coton gris, puis il haussa les épaules et s'adossa au mur lambrissé.

— Moi, cette tenue est l'une de mes préférées.

Il la dévisagea, les yeux mi-clos.

— Mais si tu as envie de prendre une douche…

Une image surgit soudain dans l'esprit de Nora : le souvenir de Duarte venant la rejoindre sous la douche et étalant le savon sur son corps…

Le temps sembla s'arrêter. Le cœur battant la chamade, elle riva le regard au sien avec l'impression de sombrer dans ses profondeurs ambrées. Puis Duarte s'écarta du mur en éclatant d'un petit rire de gorge terriblement sexy et s'éloigna dans le couloir.

— Tu ne diras pas que je ne l'ai pas proposé !

Elle regagna sa cabine et s'adossa à la porte en laissant échapper un soupir exaspéré. Serait-ce toujours comme cela entre eux, dorénavant ? Elle aurait droit à de la colère à peine voilée, à un silence punitif, puis à ce genre de petits flirts sans conséquences ? Réussirait-elle jamais à parler avec lui sans être assaillie par les souvenirs de ce qu'ils avaient partagé ?

Après avoir ôté débardeur et pantalon, elle prit une douche, enfila un chemisier froissé et se regarda dans le miroir. Elle avait mieux dormi, mais les cernes n'avaient pas disparu pour autant. Elle avait l'air aussi épuisée et vulnérable qu'auparavant. Or, si elle voulait tenir tête à Duarte, elle devait être en pleine possession de ses moyens.

Elle ne se laisserait pas intimider. Par personne.

Alors, pas question de s'exhiber en chemisier froissé, décida-t-elle en carrant les épaules. Sa tenue vestimentaire serait en parfaite harmonie avec ce cadre somptueux.

Duarte venait de se servir du café et portait la tasse à ses lèvres lorsqu'il entendit un bruit de talons résonnant sur le plancher. Il interrompit son geste et tourna les yeux vers l'escalier.

Quand il vit Nora apparaître dans le soleil matinal, Liam sur un bras et le tapis matelassé multicolore commandé par lui dans l'autre, il sentit un drôle de frisson lui traverser la poitrine. La jeune femme déroula le tapis dans un coin ombragé, à proximité de l'espace repas, et y déposa doucement le bébé. Aussitôt, celui-ci se mit à remuer allègrement les jambes.

Nora leva les yeux et croisa son regard, puis se fendit d'un sourire poli en même temps qu'elle se redressait pour s'avancer vers lui.

Fasciné, il contempla la robe vert fougère dont l'étoffe chatoyait au soleil. Les longs cheveux cuivrés rassemblés en chignon sur la nuque mettant en valeur les traits fins et les perles de culture ornant le lobe des oreilles délicates… Il la regarda contourner la table, non sans s'être retournée brièvement vers Liam…

Un serveur qui arriva à brûle-pourpoint tira une chaise pour elle. Son intervention agaça Duarte. L'empressement du personnel, avec son style glamour, lui paraissait superflu, comparé à la simplicité de la vie qu'ils avaient menée à la Casa Jardim. Des plats apparurent entre Nora et lui, remplis de fruits frais, de petits pains chauds et odorants, d'œufs pochés et de diverses confitures…

Il s'efforça de ne pas la regarder manger, préférant se remémorer les événements des jours précédents.

— Tu voulais discuter, lui rappela-t-elle soudain après s'être essuyé délicatement les lèvres avec la serviette en lin blanc.

— Ma sœur et Valerio arrivent tout à l'heure.

Duarte s'appuya en arrière et posa les mains sur la table.

— Je ne leur ai pas encore parlé de Liam.

— Tu ne voulais pas les mettre au courant de son existence ? répliqua-t-elle, l'air pincé. Tu préfères sans doute attendre le résultat du test de paternité ?

— Il n'y aura pas de test, Nora, déclara-t-il en se penchant en avant. J'étais furieux quand je t'ai dit que j'avais besoin de preuves. Il suffit de regarder Liam pour savoir qu'il est mon fils. J'ai été vraiment aveugle…

— Ah…, fit-elle avec un haussement d'épaules. C'est bien, je suppose…

Sa réaction irrita Duarte.

— Comment ça, tu *supposes* ?

— Je t'ai dit que tu étais son père, qu'il n'y avait aucun doute sur ce point. Mais je comprends que tu ne m'aies pas crue sur parole.

Elle reprit la serviette sur ses genoux, la plia avec soin et la posa à côté de son assiette.

— Alors, tu disais que ta sœur et son fiancé arrivent ? Tu penses qu'ils voudront faire sa connaissance aujourd'hui ?

— Ils voudront vous connaître tous les deux, j'imagine.

— Tous les deux ? Pourquoi ? Je n'ai pas besoin de leur être présentée, moi, répliqua-t-elle.

Duarte lutta contre le désir de se lever et d'aller chasser la tension manifeste qui habitait Nora. Avec ses mains.

— Tu es la mère de mon fils.

Il s'appuya de nouveau au dossier en repoussant les images érotiques qui défilaient dans son esprit.

— J'ai eu tout le temps de réfléchir, cette nuit. Et je me suis rendu compte de plusieurs choses. La première, c'est que je ne veux pas manquer un seul moment de la vie de Liam.

— Tu sais très bien que, vu notre situation, ce que tu dis n'est pas raisonnable.

— Ah… Ce n'est pas raisonnable de vouloir lui procurer l'environnement affectif et matériel auquel il a droit ?

Il mesurait ses paroles et s'exprimait avec un calme délibéré.

— J'ai une grande maison vide dans un village paisible en Angleterre. L'endroit est sûr, et il y a des familles avec de jeunes enfants à proximité. Liam aurait accès à une excellente éducation et il serait libre de devenir… ce qu'il voudra.

— Cela paraît merveilleux, en effet, répliqua-t-elle d'une voix légèrement tremblante. Je désire qu'il en profite, bien sûr. Mais tu ne peux pas me demander de tout laisser tomber et de me plier à tes exigences.

— Je n'ai aucune exigence, Nora. Je propose une solution qui, je crois, nous conviendrait à tous les deux.

Se penchant en avant, il attendit qu'elle lève enfin les yeux vers lui.

— J'ai compris la nuit dernière que nous pouvions choisir de ne pas compliquer la situation. Je suis furieux contre toi, c'est vrai, mais cela ne m'empêche pas de continuer à te trouver follement attirante. L'idée de mariage ne me déplaît pas.

Aucune émotion ne transparut sur le visage de Nora lorsqu'il prononça ces paroles.

— Devrais-je être flattée par cette déclaration hautement romantique ?

— Je ne crois pas aux contes de fées et je suis quasiment certain que tu n'y crois pas non plus. Cela ne veut pas dire que nous ne pouvons pas essayer de vivre en famille. C'est la solution la plus logique.

— Premièrement, tu ignores tout de mes aspirations et de mes désirs personnels. Et, deuxièmement, serais-tu en train de me dire que tu as confiance en moi, maintenant ? Que, subitement, tu me pardonnes mes fautes et que ça ne te dérange pas que je sois la fille de mon père ?

Ces mots atteignirent Duarte en plein cœur. Il détourna les yeux, le temps de se ressaisir. Nora poussa un soupir teinté d'amertume. Ou peut-être de tristesse. Mais il ne lui mentirait pas pour l'amener à accepter sa proposition. Il ne ferait pas de promesses ni de déclarations insincères. La franchise valait mieux que des paroles creuses.

— Non, Duarte, reprit-elle lentement. Je ne sais pas ce que tu attends de moi exactement, mais ne…

— Tu sais très bien ce que j'attends de toi, l'interrompit-il en tendant le bras pour lui prendre la main.

Nora se dégagea aussitôt et ferma brièvement les yeux.

— Et si je refuse ? souffla-t-elle.

Elle avait peur, comprit Duarte.

— Je ne te forcerai à rien, si c'est ça qui t'inquiète.

En fait, elle le considérait comme un tyran. Une sale brute de l'engeance de Lionel Cabo, songea-t-il, furieux. Il brûlait de se lever et de la prendre dans ses bras afin de chasser l'anxiété qu'il lisait dans les beaux yeux bleu-gris. Mais il devait garder la tête froide, même s'il avait tendance à perdre tout son contrôle dès qu'il s'agissait de cette femme.

— Je ne peux pas supporter l'idée de voir la vie de mon fils partagée entre deux pays situés aux antipodes, Nora.

— Tu profites de la situation, c'est injuste…

— Je ne suis pas le seul à avoir enfreint les règles.

Il pouvait se montrer si froid, si calculateur… Cette attitude blessait Nora autant qu'elle la rendait furieuse.

— Pourquoi nous marier ? As-tu si peu confiance en moi que tu me croies incapable d'accepter un arrangement raisonnable qui nous permettrait de nous occuper tous les deux de Liam ?

— Le mariage est l'arrangement le plus raisonnable.

Tranquillement, il souleva sa tasse et but quelques gorgées de café. Comme s'ils parlaient de la pluie et du beau temps.

— D'un point de vue pratique, nous vivons toi et moi dans des pays qui ont des législations différentes, poursuivit-il du même ton détaché. Mes droits paternels seraient dans une sorte de flou juridique.

— Ce n'est pas une réponse, répliqua Nora en redressant le menton. Ta proposition de mariage est absurde.

Cette fois, il se leva et fit un pas vers elle.

— J'ai grandi entouré de parents qui s'aimaient, et mon enfance a été heureuse. Je n'ai pas l'intention de rester célibataire toute ma vie ; j'ai toujours envisagé de me marier un jour et de fonder une famille.

— Et *moi* ? Tu t'es demandé ce que j'avais envisagé, moi ? riposta-t-elle en le défiant du regard.

En réalité, elle s'efforçait d'ignorer la chaleur et la tentation que suscitait en elle la proposition de Duarte, qui la renvoyait au manque dont elle avait toujours souffert. Elle aurait tant aimé grandir avec ses deux parents, dans un foyer heureux et stable !

Il serait si facile d'accepter d'épouser cet homme et de s'engager à vivre avec lui, d'élever leur fils ensemble ! Duarte ne lui proposait pas un mariage de façade, il envisageait de partager son lit avec elle. Toutefois, elle demeurerait toujours celle qui lui avait menti. Elle serait toujours la fille de l'assassin de ses parents.

Par conséquent, ce mariage ne fonctionnerait pas…

Un sifflement appuyé les fit sursauter tous les deux.

— Ne cherche pas à m'éviter, Duarte Avelar ! lança une voix féminine. Je te rappelle que tu es à bord de mon yacht !

Nora regarda Duarte, surprise. Il poussa un juron étouffé, lui fit signe de rester là, traversa le pont à grandes enjambées et disparut. Peu de temps après, des voix provenant de l'escalier lui parvinrent. Elle tendit l'oreille, mais elle était trop éloignée pour discerner quoi que ce soit.

Elle se leva alors pour aller prendre Liam dans ses bras, savourant sa douce chaleur et sa délicieuse odeur de bébé.

Bientôt, les voix se rapprochèrent. Se retournant, Nora vit apparaître une superbe brune sur le pont. La femme avait le visage auréolé d'une luxuriante chevelure bouclée et la peau de la même nuance caramel que celle de Duarte. Tous deux avaient en outre les mêmes yeux. Un homme la suivait, Valerio Marchesi, l'ami de Duarte, aussi grand que lui, mais avec des yeux bleus et un visage mince.

Elle le reconnut sans peine. Elle l'avait vu le soir du dîner de la Fondation Avelar. Le soir de l'enlèvement.

À en juger par la façon dont il la regarda en plissant les yeux, lui aussi se rappelait ce jour funeste.

L'instant d'après, Daniela Avelar s'avançait vers elle, tendit les bras vers l'enfant et, sans réfléchir, Nora le lui passa. Dani laissa alors échapper un sanglot sous le regard stupéfait de Valerio et Duarte. D'après leur réaction, elle conclut que cette élégante femme d'affaires n'avait jamais manifesté d'intérêt pour les bébés, et sans doute n'était-elle pas encline à faire étalage de ses émotions.

Ensuite, les deux hommes s'éloignèrent de quelques pas et se mirent à converser à voix basse. Duarte tourna soudain vers elle un regard méfiant, et elle frémit avant de se convaincre qu'en fait elle se fichait de ce qu'il pouvait penser d'elle. Et lorsque Daniela lui proposa de venir avec son fils à la soirée d'ouverture de la filiale, qui avait lieu ce soir-là, elle déclina poliment l'invitation.

Se forçant à sourire, elle ajouta qu'elle devait maintenant aller recoucher le bébé et regagna sa cabine. Là, elle changea Liam et l'installa dans son berceau, puis s'allongea sur le lit en poussant un long soupir.

Quand elle lui avait demandé s'il avait pensé à ce qu'*elle* envisageait, Duarte n'avait pas répondu, mais sa réaction avait été éloquente. Il considérait la situation uniquement de son point de vue, en fonction de ses besoins à lui, et proposait la solution idéale pour lui, celle qui lui permettrait de remplir ses devoirs de père et, en prime, de garder Nora sous la main.

À quoi ressemblerait sa vie si elle acceptait sa proposition ? Serait-elle vouée à le suivre de ville en ville aux quatre coins de la planète, à l'attendre pendant qu'il s'occuperait de ses affaires et enchaînerait rendez-vous et réunions diverses ? Ou, pire encore, devrait-elle se montrer à ses côtés et jouer le rôle de l'épouse dévouée ?

Il possédait une maison dans la campagne anglaise, avait-il dit. Cela pouvait faire rêver. Mais, en réalité, Duarte était un homme d'affaires dont l'entreprise se développait sans cesse, l'amenant à voyager dans le monde entier. Et Nora ne voyait aucune raison pour que cela change.

Lors de sa dernière venue sur le site de la filiale floridienne de Velamar International, au cœur du port de plaisance de Fort Lauderdale, les locaux étaient en cours de construction. À présent, Duarte découvrait un vaste hall d'accueil aux parois de verre et regardait autour de lui avec satisfaction, fortement impressionné par le raffinement qu'il constatait dans les moindres détails.

Au moment où il s'avançait dans le couloir desservant les différents espaces, Valerio en émergea soudain et lui glissa une coupe de champagne dans la main.

— Sans ton brillant esprit créateur, nous ne serions pas ici, Duarte. Tu as toujours été le cerveau de notre entreprise.

— Le cerveau créatif, peut-être, répliqua Duarte en levant sa coupe pour porter un toast. Mais c'est toi qui as eu l'idée de cette folle aventure et qui en as fait la puissante multinationale qu'elle est aujourd'hui.

— Je n'ai aucun mérite concernant ce site précis. C'est ta sœur qui a fait quasiment tout le travail.

Valerio sourit et leva sa coupe en direction de Dani, qui accueillait leurs invités à l'entrée de la vaste salle de conférences visible à l'extrémité du couloir. Elle vint aussitôt à la rencontre des deux hommes avec un large sourire.

— Je n'arrive pas à m'habituer à vous voir ensemble, dit-elle en les contemplant tour à tour.

Duarte regarda son ami enlacer la taille de sa sœur et la serrer amoureusement contre lui. Valerio adorait Dani, c'était évident.

— Je pourrais dire la même chose, répliqua Duarte d'un ton léger en souriant.

Sa sœur et son ami échangèrent un regard surpris, avant de l'inviter à se joindre à eux pour aller accueillir les nouveaux arrivants. Sans doute étaient-ils étonnés, et soulagés de le voir détendu…

Tandis que Dani se mettait à bavarder avec l'un de leurs investisseurs américains, Valerio se tourna vers Duarte d'un air interrogateur.

— Ce que je voulais dire, reprit Duarte, c'est qu'étrangement cela me paraît naturel de vous voir ensemble, tous les deux. C'est comme si votre rapprochement était programmé depuis le début.

Il posa la main sur l'épaule de son ami.

— Tu la rends heureuse, cela crève les yeux.

— Elle est tout pour moi, répliqua Valerio. Dès l'instant où j'ai accepté cette évidence, tout le reste est allé de soi. Je savais que notre rapprochement pourrait créer une tension entre toi et moi, mais je me suis dit que tu finirais par comprendre.

— Je me suis conduit comme un salaud quand je suis revenu, fit Duarte en secouant la tête. Je suis désolé.

— Tu n'es pas un salaud ! s'exclama Valerio en riant. Tu es une tête de mule et tu détestes le changement sous toutes ses formes !

Les paroles de son ami résonnèrent longtemps dans son esprit après cet échange. Il détestait le changement, en effet. Il l'avait toujours détesté. Cela le rendait irritable et hostile. Et quand il regarda en arrière et songea aux derniers mois Duarte se rendit compte que sa vie n'avait été qu'une succession de changements brutaux qui lui avaient coûté toute son énergie mentale.

Sauf à la Casa Jardim. Là-bas, il s'était senti non pas épuisé mais détendu. Il avait éprouvé le calme qui lui faisait défaut depuis des années. À présent, entouré de riches clients et de partenaires en affaires appartenant à l'élite internationale, il se sentait oppressé, crispé. Mais il connaissait son rôle et savait ce que l'on attendait de lui.

Il sourit et serra des mains d'un air affable et concerné, alors qu'au fond de lui il se demandait en quoi cet univers l'avait jamais vraiment concerné, justement.

Quand il regagna le *Sirinetta II*, un calme total régnait à bord. La plupart des membres du personnel avaient fini leur journée et étaient rentrés chez eux de bonne heure, sachant qu'ils seraient à pied d'œuvre tôt le lendemain pour préparer les festivités.

Il passa entre les rangées de tables installées sur l'immense terrasse découverte, au milieu de chaises empilées et de cartons contenant divers accessoires. Dans son ancienne vie, il serait resté avec les invités jusqu'à la fin de la soirée, laquelle se serait prolongée sans aucun doute dans la suite luxueuse d'un palace. Et il aurait terminé la nuit avec une femme superbe dans son lit.

Maintenant, une telle éventualité l'horrifiait, et il avait même eu du mal à rester deux heures entières à faire semblant de passer un moment agréable.

Plongé dans ses pensées, il longea le salon privé attenant aux cabines réservées aux invités et tressaillit soudain en entendant quelqu'un se racler discrètement la gorge.

Assise en tailleur sur un sofa, les cheveux détachés et passés devant une épaule, dans son impossible pantalon de pyjama gris et un débardeur ultra-moulant, Nora avait les yeux baissés sur l'un de ses épais manuels d'architecture, qu'elle avait posé sur ses genoux. Elle était… à croquer.

— Tu n'es pas encore couchée ? lança-t-il d'un ton faussement détaché.

— Je t'attendais.

Elle posa le livre ouvert sur le sofa et se leva.

— On t'a transmis le message d'Angelus Fiero, j'imagine ?

— Non… Quel message ?

Le front plissé, elle se pencha vers la table basse, où elle prit une enveloppe brune décachetée, qu'elle lui tendit.

— Un coursier a apporté ça, il y a une heure. C'est adressé à nous deux. J'ai pensé qu'il t'avait appelé pour t'en parler.

Duarte sortit le contenu de l'enveloppe et parcourut rapidement le rapport de police. Angelus n'avait pas chômé… Un mandat d'arrêt contre Cabo avait été émis peu de temps après son départ de la Casa Jardim. La police était allée chercher le chef de Novos Lideres chez lui et l'avait embarqué manu militari, pour l'interroger sans répit jusqu'à ce qu'il craque.

Il avait tout avoué, y compris l'implication forcée de sa propre fille et les diverses menaces proférées à son encontre. Quant à Nora, aucune charge ne serait retenue contre elle, parce qu'elle avait fourni les preuves qui avaient permis d'arrêter le chef de la redoutable organisation criminelle.

Le pouls lui pulsa aux tempes. Duarte regarda Nora, qui se tenait immobile devant lui. Elle avait l'air exténuée.

— Tu peux être tranquille, déclara-t-il d'une voix rauque. Le procès n'aura lieu que dans plusieurs mois mais, grâce à ton témoignage, il ne sera pas libéré sous caution.

— Il a avoué ce qu'il m'a fait…

Elle pinça les lèvres avant d'ajouter :

— Il n'y était pas obligé… Il n'y a jamais eu de preuves tangibles.

Voyant sa belle bouche qui tremblait, Duarte fit un pas vers elle.

— C'est fini, *querida*. Il n'a plus aucun pouvoir sur toi.

Nora espérait depuis longtemps qu'un jour son père payerait pour ses crimes, tout en le croyant quand il se disait intouchable. Mais, maintenant qu'elle avait vu ses aveux retranscrits noir sur blanc, elle était anéantie.

Incapable de résister au flot d'émotion qui la submergeait, elle se mit à sangloter sans retenue. Elle pleurait de soulagement, mais aussi à cause de la tragédie vécue par les parents de Duarte.

Lorsqu'elle finit par fermer les yeux, elle sentit des bras chauds et musclés l'envelopper. Elle ne tenta pas de se dégager. Elle accepta le réconfort qui lui était offert et s'abandonna contre le torse puissant de Duarte.

Il demeura silencieux un long moment, se contentant de la serrer contre lui, son souffle lui caressant les cheveux. Puis il la repoussa doucement pour la regarder.

— Tu n'as rien de commun avec lui, Nora, lâcha-t-il. J'ai eu tort de te dire cela. De te comparer à lui. J'en suis désolé.

Nora hocha la tête et recula.

— Ce n'est pas grave.

— Au contraire. Je sais que je peux être dur et moralisateur. Je l'ai été avec ma sœur et mon meilleur ami, puis avec toi.

Il lui prit la main et enlaça leurs doigts, la faisant frissonner, puis l'attira vers lui.

— Je meurs d'envie de t'embrasser, dit-il. Je ne pense qu'à cela depuis ce matin…

11.

Lorsqu'il se pencha vers elle et lui effleura les lèvres des siennes, Nora songea qu'elle aurait dû résister au désir qui se déployait dans tout son corps, se concentrer sur la proposition égoïste qu'il lui avait faite la veille. Cependant elle aussi brûlait de l'embrasser. De se fondre dans sa merveilleuse chaleur et de chasser les ombres qui la hantaient.

Et quand, après l'avoir soulevée dans ses bras, Duarte l'allongea sur un sofa, elle s'offrit tout entière à lui. Il la contempla, les yeux étincelants de désir, puis fit glisser sans plus attendre le pantalon de pyjama sur ses jambes.

Nora laissa échapper une plainte. Les lèvres douces et fermes descendaient lentement entre ses seins, glissaient sur son ventre…

— Je veux te sentir en moi, Duarte… Maintenant…

Elle frissonna au son de sa propre voix. Elle ne l'avait jamais entendue aussi rauque, aussi suppliante.

Duarte ne se fit pas prier. Il s'allongea aussitôt sur elle et redressa le torse en prenant appui sur les mains. Le premier contact avec la puissante érection fit frémir Nora. Elle posa les mains sur les larges épaules et regarda Duarte en silence durant un long moment. Ils savaient tous les deux que ce qui se passait entre eux était réel. Sincère. Qu'il ne s'agissait ni de domination ni de manipulation. Ni de colère. Ils vivaient ces instants intimes à égalité. Ils les désiraient autant l'un que l'autre.

Le regard soudé au sien, Duarte donna un vigoureux coup de reins et s'enfonça en elle.

La sensation fut presque trop intense. Les yeux dans les yeux, ils commencèrent à bouger à un rythme à la fois soutenu et… tendre. Les mots lui montèrent aux lèvres. Nora ressentit l'envie de lui dire ce qu'elle éprouvait. Mais elle ferma les yeux et se concentra sur le plaisir fabuleux que lui offrait son amant.

Il glissa la main entre leurs deux corps et la caressa avec un art qui lui arracha une nouvelle plainte.

C'était peut-être sa façon à lui de lui montrer qu'il l'aimait. Qu'il tenait à elle. Il n'y aurait jamais vraiment de confiance entre eux mais, tant qu'ils partageraient des moments comme celui-là, cela suffirait peut-être. Elle réussirait peut-être à oublier le reste. Le manque qui ne serait jamais comblé.

Duarte accéléra la cadence, le corps-à-corps devint torride et passionné. Confusément, Nora se rendit compte qu'ils tombaient ensemble sur l'épais tapis. L'instant d'après, ils sombraient tous les deux dans l'extase. Elle poussa un cri, suivi aussitôt d'une plainte rauque de son merveilleux amant.

Le souffle court, il la serra contre lui avec un soupir. Un soupir de soulagement, comprit Nora. Comme si Duarte revenait au port après avoir traversé une tempête qui avait failli l'emporter à tout jamais.

Mais, hélas, la magie de ces instants fut de courte durée. Le sentiment de paix qui l'avait envahie fut bientôt éclipsé par un brusque retour à la réalité.

Elle s'écarta de Duarte en lui disant qu'elle allait se rafraîchir et se regarda dans le large miroir de la salle de bains. Elle avait les joues roses, les yeux brillants, mais elle avait l'impression d'avoir perdu toute consistance, physiquement et moralement.

Comment pouvait-on se sentir aussi vide après avoir connu un sentiment de plénitude aussi complet ?

Duarte avait passé toute la nuit dans sa cabine et, en dépit de sa tristesse, Nora s'était endormie blottie contre lui. Quand elle se réveilla à l'aube, il était assis dans le lit, le dos calé contre les oreillers, et donnait le biberon à Liam.

Après le petit déjeuner, il l'informa qu'il devait aller en ville, où il avait quelques affaires à régler, mais il précisa qu'il serait de retour bien avant le début de la fête qui aurait lieu à bord. Nora lui répéta qu'elle ne savait pas si elle participerait à l'événement, prétextant qu'elle n'avait pas de tenue appropriée. Au moment de partir, il l'embrassa doucement et lui annonça qu'il avait demandé à sa sœur de venir l'aider à se préparer.

Une heure plus tard, Daniela arrivait, accompagnée d'une styliste que suivait une assistante poussant un long portant. Une maquilleuse et une coiffeuse se présentèrent peu après avec tout leur équipement.

Tout d'abord, Nora se sentit submergée - mais excitée à la perspective de se laisser bichonner par toutes ces mains expertes. Elle avait toujours aimé s'habiller pour les événements qu'organisait son père. Surtout au début, avant de comprendre qu'elle n'était pour lui qu'un pion et que ces prétendues faveurs étaient toujours assorties d'une exigence ou d'une autre.

Mais là ce n'était pas la même chose, se dit-elle pour chasser l'anxiété qui revenait l'envahir. Duarte avait demandé à sa sœur de venir l'aider à se préparer. Il désirait lui rendre service, pas l'exploiter.

S'apercevant que quelque chose n'allait pas, Daniela la regarda un instant en silence, avant de déclarer avec calme :

— Si vous n'avez pas envie d'assister à la soirée, vous pouvez aller vous installer sur mon yacht.

— Je ne savais pas ce que je voulais, reconnut Nora en serrant ses mains l'une contre l'autre. Mais maintenant je désire vraiment participer à cet événement. C'est juste que je ne suis pas très sociable, ces temps-ci.

— À cause du bébé ? demanda Daniela.

— Non. Déjà avant sa naissance. J'ai vécu cachée pendant longtemps.

La sœur de Duarte demeura un moment silencieuse.

— Valerio m'a dit qui vous étiez, répliqua-t-elle enfin en la regardant dans les yeux. Je sais qui est votre père.

Nora se raidit, puis s'avança vers le berceau où dormait Liam. Duarte avait-il parlé à sa sœur du rôle joué par Lionel Cabo dans la mort de leurs parents ?

— Valerio m'a dit également que vous aviez sauvé la vie de mon frère, au risque de vous attirer les foudres de votre père. Et que, du même coup, vous lui aviez probablement sauvé la vie à lui aussi.

La rejoignant, Daniela lui prit les mains.

— Sans vous, je n'aurais pas de fiancé, poursuivit-elle d'une voix douce. Alors, je vous remercie du fond du cœur.

Nora secoua la tête. Daniela ne connaissait manifestement pas toute l'histoire, parce que sinon elle ne la remercierait pas ainsi.

— Je suis désolée que vous ayez dû traverser des épreuves aussi terribles, continua la sœur de Duarte. Je tiens seulement à ce que vous sachiez que je ne vous en veux pas. Vous n'êtes pas responsable des actes de votre père.

Elle s'interrompit et soupira.

— Lorsque mon frère est revenu, il était l'ombre de lui-même. Je ne l'avais jamais vu aussi… démuni. À tout point de vue. Et maintenant, il vous a… Vous, et un fils.

— C'est beaucoup pour lui, déclara Nora, les lèvres pincées.

— Il ne m'a pas dit exactement ce que vous étiez l'un pour l'autre, mais une chose est certaine : il a changé. Je ne l'avais jamais vu aussi… vivant.

— Il m'a demandé de l'épouser.

Les mots avaient jailli malgré elle. Il fallait qu'elle se confie à quelqu'un. Qu'elle tâche de démêler ses pensées.

— Évidemment, répliqua Daniela en levant les yeux au ciel. Il vous a assuré que c'était la solution la plus pratique, je parie ! Je me demande souvent comment on peut diriger un empire, avec tout ce que cela implique, et en même temps être aussi aveugle en ce qui concerne le fonctionnement de son propre cerveau.

— La situation est très compliquée…

— C'est toujours le cas, avec les Avelar ! s'exclama Daniela en riant. Mais, si vous acceptez de l'épouser, je serai enchantée d'être votre belle-sœur.

Nora sourit, un peu soulagée malgré elle. Puis elle regarda Daniela se pencher sur Liam endormi. La sœur de Duarte aimait déjà son neveu, alors qu'elle venait à peine de découvrir son existence.

Une lueur d'espoir naquit dans son cœur. Pouvait-elle vraiment faire partie de cette famille ? En dépit du lourd passé qu'elle portait sur les épaules ?

Nora contempla son reflet dans le miroir en pied de sa cabine, fascinée par la métamorphose opérée en quelques heures par Daniela et sa petite équipe. Ses cheveux ondulaient en vagues brillantes devant une épaule. De l'ombre à paupières gris fumée faisait ressortir la teinte de ses yeux, et le rouge à lèvres couleur pêche avait la même nuance que ses pommettes.

Après beaucoup d'hésitation, elle avait fini par choisir une robe bustier bleu électrique qui accentuait la finesse de sa taille. De minuscules motifs floraux étaient brodés sur la soie diaphane, au cœur desquels miroitaient de petits diamants. Nora avait presque retrouvé sa silhouette d'avant la grossesse, mais cela ne faisait que sept semaines qu'elle avait accouché, et l'étoffe plissée au niveau de la poitrine et du ventre était idéale.

Pour la première fois depuis une éternité, elle se sentait ultra-féminine, élégante et… heureuse, si bien qu'elle avait un sourire aux lèvres lorsque Duarte apparut derrière elle dans le miroir. Il était d'une beauté scandaleuse, en smoking noir, et avec une pochette qui était exactement du même bleu que sa robe.

— Tu es superbe, dit-il en penchant la tête pour lui déposer un léger baiser sur la nuque. Mais il te manque une toute petite chose.

Le cœur battant la chamade, Nora le regarda tendre la main devant elle, puis l'ouvrir, dévoilant un écrin noir dont il souleva adroitement le couvercle.

Suffoquée, elle contempla la bague sertie d'un diamant carré étincelant de mille feux.

— Duarte…, murmura-t-elle en se retournant vers lui.

Il prit la bague et la lui glissa au doigt. Elle était magnifique, le genre de bijoux dont pourrait rêver n'importe quelle femme… Et pourtant, quand Duarte lui lâcha la main, la bague parut soudain froide et pesante à Nora.

Elle lui avait dit qu'elle avait besoin de temps. Lorsqu'elle lui avait demandé s'il avait pensé à ses projets d'avenir à elle, à ses aspirations, il n'avait rien répondu.

Redressant la tête, elle vit les yeux d'ambre briller de triomphe et de bonheur.

— Elle te va parfaitement, déclara-t-il en souriant.

Nora se força à lui sourire en retour. Après avoir fait l'amour la veille au soir, ils s'étaient endormis dans les bras l'un de l'autre. Elle savait que Duarte tenait à elle et que leur relation reposait sur des bases solides. Alors il trouvait naturel de la présenter comme sa fiancée…

Une sensation de malaise vint dissiper la joie qu'elle avait ressentie quelques instants plus tôt.

Il fallait qu'elle se ressaisisse. Duarte allait fêter une étape importante pour lui. Sa sœur était là, ainsi que son meilleur ami et d'autres membres de la famille Marchesi. Nora ne voulait pas lui gâcher sa soirée, lui causer de nouveaux tourments. Elle lui avait déjà fait tant de mal autrefois. Il avait dit vouloir fonder une famille, peut-être devait-elle accepter sa proposition et se concentrer sur les avantages qu'elle en tirerait, sans songer à ce qu'elle n'obtiendrait jamais.

L'amour d'un mari, par exemple…

Elle se haussa sur la pointe des pieds et l'embrassa.

Avec un peu de chance, elle tiendrait le coup jusqu'à la fin de la soirée sans perdre son sang-froid.

À leur arrivée, tous les hommes présents avaient tourné les yeux vers Nora. Dans cette robe de soie bleu électrique qui faisait ressortir sa beauté naturelle et qui chatoyait au moindre mouvement, elle rayonnait à ses côtés.

Cependant il sentait bien que quelque chose n'allait pas et il avait beau s'efforcer de se détendre, il ne parvenait pas à se fondre dans l'atmosphère chaleureuse et festive qui régnait à bord.

Voyant soudain arriver les parents et le frère aîné de Valerio, il leur sourit et fit signe à Nora de venir le rejoindre. Il était heureux de retrouver ces gens bienveillants et affectueux qui faisaient partie de sa vie depuis l'adolescence.

Renata, la mère de Valerio, prit aussitôt Liam dans ses bras en pleurant d'émotion. Et quand elle vit la bague de Nora elle se remit à pleurer. Les hommes firent preuve de plus de retenue, se contentant de gratifier Duarte d'une tape amicale dans le dos.

— Il ressemble beaucoup à Guillermo, dit Renata, le visage à présent serein. Son prénom lui va bien…

— Je l'ai choisi en souvenir du père de Duarte, répliqua Nora avec calme. Il n'a pas encore été baptisé, mais il s'appellera Liam Duarte… Avelar.

Duarte la regarda. Elle avait hésité avant de prononcer son nom. Quant au choix du prénom *Liam*, il était surpris car il n'avait jamais fait le rapprochement avec celui de son père. Pourtant, le jour de son entrée à l'hôpital, elle lui avait expliqué que Liam était le diminutif irlandais de William. Seigneur, que cela paraissait lointain !

— Maintenant, il faut que tu nous racontes toute l'histoire ! lança soudain Amerigo, le père de Valerio.

— Comment vous êtes-vous rencontrés ? demanda Renata à Nora.

— Je… Nous…, commença-t-elle en rosissant.

— Nous nous sommes rencontrés dans un club de samba, enchaîna Duarte à sa place. Pas très original, quand on est à Rio…

Il se força à sourire.

— Je l'ai aperçue à l'autre bout de la piste et je me suis précipité vers elle avant qu'un autre me la chipe.

Nora leva les yeux vers lui, l'air surpris.

— Autrement dit, c'était un coup de foudre, fit Renata avec un soupir rêveur.

Lorsqu'elle prit la main de Nora d'un geste affectueux, celle-ci se raidit et recula d'un pas, à la grande consternation de Renata.

— Était-elle avec toi quand tu te rétablissais sur cette île ? intervint Rigo, le frère de Valerio.

— Non… Nora terminait ses études d'architecture à l'époque. Elle espère trouver un stage lorsque nous irons nous installer en Angleterre.

— Vous allez devoir quitter votre pays…, dit doucement Renata, attribuant la réaction de Nora à de la tristesse. Vous avez de la famille au Brésil ?

— Ma mère dirige une réserve naturelle dans le Nord, à côté de Manaus. Mon père est… Il est à Rio en ce moment.

Voyant Valerio et Dani froncer les sourcils, Duarte jugea plus prudent de mettre un terme à la conversation, mais Renata, ignorant tout du passé de Nora et inconsciente de la tension ambiante, poursuivit gentiment :

— Je suis impatiente de faire la connaissance de vos parents. J'ai toujours considéré Duarte et Dani comme faisant partie de notre famille. Et nous allons avoir deux mariages… Quel bonheur !

— Vous ne ferez malheureusement pas la connaissance de mon père, répliqua Nora en carrant les épaules.

Elle s'écarta de Duarte d'un mouvement brusque.

— C'est un criminel notoire qui vient d'être arrêté pour corruption, chantage et meurtre.

Tout le monde la dévisagea en silence. Tout le monde sauf Dani, qui se ressaisit aussitôt et considéra Nora en haussant un sourcil moqueur.

— Pour meurtre, en plus ? Il devait avoir en emploi du temps bien rempli…

— En effet, acquiesça Nora d'une voix rauque.

Elle regarda Dani, puis tourna les yeux vers Duarte et entrouvrit les lèvres pour parler encore, mais il secoua la tête, lui enjoignant de n'en rien faire, avant de changer habilement de sujet en évoquant leur séjour à Paraty.

Au bout de quelques minutes, Nora s'excusa poliment et se détourna pour se frayer un chemin parmi les invités.

— J'ai dit quelque chose qu'il ne fallait pas ? s'enquit Renata avec inquiétude. Elle avait l'air bouleversée, la pauvre.

Duarte poussa un juron étouffé et demanda à Dani si elle pouvait surveiller Liam, qui dormait paisiblement dans son berceau installé à côté d'eux. Puis il partit à la recherche de Nora.

Il la trouva sur la terrasse située à la poupe du yacht, les mains posées sur le bastingage. Il s'arrêta à côté d'elle et lui prit le menton. Une larme coula sur la joue de la jeune femme, suivie d'une autre.

— C'est à cause de ton père ? s'enquit-il doucement. Ce doit être éprouvant d'être obligée de penser à lui. De répondre aux questions.

D'un petit mouvement de tête, elle se dégagea le menton, s'essuya les joues du revers de la main et croisa les bras.

— Je sais qui est mon père. J'ai eu tout le temps de comprendre ce que c'est que d'être la fille de Lionel Cabo.

— Qu'est-ce qui ne va pas, alors ?

— Toi et moi. C'est ça qui ne va pas.

Après avoir inspiré profondément, elle se tourna vers lui.

— Je ne peux pas t'épouser, Duarte. Je ne peux pas supporter de penser que tu as honte de ta femme.

— Mais je n'ai pas honte de toi ! protesta-t-il avec force.

— Tu mens, riposta-t-elle. Je n'ai pas l'intention de faire

l'impasse sur les détails sordides de mon passé uniquement pour éviter d'être jugée. Tu ne peux pas empêcher les gens de poser des questions, ni leur cacher éternellement que j'ai travaillé pour mon père et joué un rôle dans ce qui t'est arrivé. Ta famille et celle de Valerio ont le droit de connaître la vérité.

— Je leur dirai tout… plus tard. Je veux d'abord qu'ils apprennent à te connaître.

— Dis plutôt que tu voudrais les manipuler, les amener à m'apprécier afin qu'ils ne réagissent pas comme toi lorsque tu as découvert la vérité. La première *et* la seconde fois.

Elle secoua la tête et se détourna.

— J'ai commis des erreurs et je suis la fille d'un criminel, c'est vrai, mais je refuse de vivre dans la honte et d'espérer qu'un jour tu aies vraiment confiance en moi et que tu m'aimes. Je ne me contenterai pas des miettes de ton affection.

— C'est ce que tu penses de moi ? De la demande en mariage que je t'ai faite ? De ma tentative de trouver une façon de vivre avec toi et Liam ? Tu appelles cela des miettes ?

— Si Liam n'avait pas été ton fils, tu n'aurais jamais songé à m'épouser…, affirma-t-elle avec calme.

— Tu te trompes ! protesta-t-il à la hâte, effrayé par le nuage sombre qui semblait planer entre eux. J'aurais fini par l'envisager. À Paraty, j'ai senti qu'il existait un lien puissant entre nous.

— Oui, avant que tu apprennes tout ce qui s'était passé.

Duarte se passa la main dans les cheveux. La situation lui échappait, il le sentait. Ils étaient conscients tous les deux que le mariage était la meilleure solution, mais il y avait autre chose. Au fond de lui, il savait qu'il éprouvait pour Nora des sentiments plus profonds qu'il n'était prêt à l'admettre. Il ne pouvait pas. Il ne pouvait imaginer de mettre son cœur à nu…

Cela lui était impossible, surtout après ce qu'ils avaient vécu et le tourbillon d'émotions qui se déchaînaient en lui à chaque fois qu'il pensait qu'elle aurait pu le quitter.

— Je sais que ce que je ressens pour toi dépasse ce que tu as à m'offrir, reprit-elle tristement. Quand je suis avec toi, je perds toute lucidité. Je crois que je suis tombée amoureuse de toi dès le premier soir, sur la plage. Et cela me terrifie.

— À t'entendre, cela paraît horrible, en effet.

Duarte se détourna et serra les mâchoires pour se fermer au mélange de plaisir et de souffrance que les paroles de Nora suscitaient en lui. Elles lui nouaient la poitrine, lui donnaient l'impression d'étouffer.

— C'est malsain, Duarte. C'est comme si j'avais affaire à un hologramme de toi. Tu verrouilles tout ce que tu ressens, hors de ma portée. C'est trop douloureux.

Quand il la regarda, elle faisait glisser la bague de son doigt. Elle lui prit la main et déposa le diamant dans le creux de sa paume.

— Tu as dit que tu ne me forcerais à rien.

— C'est la vérité, acquiesça-t-il.

Duarte s'entendit parler comme de très loin. Il dut faire un effort surhumain pour ne pas la secouer jusqu'à ce qu'elle retire ses paroles.

— Je suis désolée, dit-elle avec le même calme insupportable.

Puis elle s'éloigna, le laissant seul dans la pénombre de la terrasse déserte, avec le bruit des vagues léchant la coque du yacht pour accompagner le tumulte qui régnait dans son esprit.

12.

Nora regarda poindre les premières lueurs de l'aube avec un mélange d'indifférence et de tristesse. Elle avait à peine dormi, et les larmes avaient continué de couler longtemps après qu'elle eut regagné sa cabine avec Liam. Elle était allée le chercher en pleurant et sans adresser la parole à personne.

Un peu plus tard, Daniela était venue frapper à sa porte et lui avait demandé si elle voulait parler, mais Nora était restée silencieuse jusqu'à ce que le bruit des talons se soit éloigné dans le couloir. Ensuite, elle n'avait plus cherché à retenir ses sanglots.

Lorsqu'il fit complètement jour, elle se força à se lever, empoigna sa valise, plia quelques vêtements et les déposa dedans, puis elle prit la petite valise de Liam et s'occupa de ses affaires. Tout en préparant les bagages, elle réfléchissait à ce qu'elle dirait à Duarte avant de partir. Elle avait pris la bonne décision. Elle ne pourrait jamais se contenter de ce qu'il lui offrait, c'était impossible. Elle finirait par lui en vouloir, et ils en viendraient à se détester.

Elle n'élèverait pas son fils dans un tel environnement. Ils méritaient mieux. Tous les trois.

Des coups frappés à la porte la firent sursauter. Duarte apparut, vêtu comme la veille au soir. Lorsqu'il aperçut les deux valises ouvertes sur le lit, son regard devint presque noir.

Nora retint son souffle, attendant qu'il parle. Son cœur

battait à tout rompre, elle brûlait de lui dire qu'elle avait changé d'avis et de se précipiter dans ses bras. Mais elle demeura immobile, le T-shirt qu'elle s'apprêtait à plier dans les mains.

— Tu t'en vas.

— Je vais chez ma mère, dit-elle fermement. Elle ne connaît pas encore Liam. Dans une semaine ou deux, je prendrai contact avec toi, et nous pourrons discuter de la meilleure façon de procéder pour la suite.

— Je vous emmène, dit-il précipitamment en tournant les yeux vers Liam. Je vais faire préparer le jet.

— Non. Je pensais ce que j'ai dit hier soir. Je n'arrive pas à réfléchir quand je suis avec toi. Je dois faire cela seule.

Il demeura un long moment silencieux, les mâchoires crispées. Puis il la regarda un instant, une question muette au fond des yeux, avant de contempler l'océan par la fenêtre grande ouverte.

— Si tu as besoin de quelque chose, promets-moi de m'appeler.

Nora mesura ce que cela avait dû représenter pour lui de prononcer ces paroles. Il lui faisait confiance et la laissait partir avec leur fils. Son cœur se gonfla d'amour et de compassion. Il se sacrifiait pour lui offrir la liberté.

— Je te le promets.

Duarte se rapprocha du berceau et se pencha pour déposer un baiser sur le front de Liam, puis il se redressa, fit un petit salut de la tête à Nora et partit en refermant doucement la porte derrière lui.

Lorsque Nora arriva à la réserve au volant de la jeep louée à l'aéroport et aperçut la maison de Maureen Beckett, toute en bois et en parfaite harmonie avec les arbres immenses qui l'entouraient, elle s'arrêta au bord de la piste et ne put s'empêcher de songer à l'ironie de la situation.

Pendant des années, elle en avait voulu à sa mère de la forcer à vivre dans un endroit aussi isolé, loin de tout, et maintenant elle y revenait pour la supplier de la laisser s'y installer un moment.

Quelques instants plus tard, elle frappa à la porte, le cœur battant d'appréhension. Mais, lorsque Maureen apparut et la vit avec le bébé blotti dans son étreinte, elle fondit en larmes et les serra tous les deux contre elle en murmurant des mots affectueux qui émurent profondément Nora.

Une fois qu'ils furent installés à l'intérieur tous les trois, Nora s'autorisa à s'effondrer et raconta tout à sa mère, qui l'écouta en silence tout en berçant son petit-fils dans ses bras.

Lorsque Nora s'arrêta enfin de pleurer, Maureen rapprocha son fauteuil du sien et la prit elle aussi dans ses bras. Le fait de pouvoir se laisser aller complètement sans avoir à s'enfuir la réconforta et la démoralisa en même temps.

Et, quand Maureen lui montra l'enveloppe épaisse qui était arrivée une semaine plus tôt, ce fut le coup de grâce.

Ses résultats d'examens. Nora avait en effet donné l'adresse de la réserve au secrétariat de l'université dès qu'elle avait su qu'elle devrait quitter Rio.

Les doigts tremblants, elle ouvrit l'enveloppe… Elle avait réussi ! Elle avait obtenu son diplôme !

Les larmes jaillirent de nouveau, impossibles à contenir.

Toute la nuit, elles parlèrent de tout ce qui s'était dressé entre elles pendant des années. Sa mère lui expliqua qu'elle avait voulu la rejoindre à Rio, mais que son père l'avait appris et l'avait attendue à l'aéroport. Il lui avait déclaré que, si elle faisait la moindre tentative pour joindre sa fille, ne serait-ce que par lettre, elle se réveillerait au milieu de sa réserve en flammes. Elle n'avait pas eu le choix. Elle était rentrée la mort dans l'âme et avait attendu, souhaitant que Nora réussisse à s'enfuir et revienne. Elle n'avait jamais cessé d'espérer et elle avait eu raison, conclut-elle, les yeux embués de larmes.

Devant tant d'amour et de compréhension, Nora lui raconta tout ce qui s'était passé entre elle et le père de Liam, sans savoir comment elle allait réagir. Toutefois, au lieu d'être horrifiée ou choquée, sa mère demeura songeuse un long moment.

— Tu l'aimes ? demanda-t-elle enfin.

— Oui, mais ce n'est pas réciproque.

— Les hommes ne savent pas toujours exprimer leurs sentiments. D'après ce que tu viens de me raconter, je trouve que ses actes sont plus éloquents que des paroles.

Cette nuit-là, allongée dans son lit et écoutant les gouttes de pluie marteler le toit au-dessus de sa tête, Nora pensa à Duarte. Ses actes avaient-ils montré qu'il ressentait de l'amour pour elle ?

Elle revit la façon dont il lui avait fait la cour à Paraty. Il ne connaissait pas encore la vérité à propos de Liam à ce moment-là, mais il savait pratiquement tout le reste. Et même après l'ultime révélation, en dépit de sa rage et de sa souffrance, il lui avait témoigné de l'affection, sans peut-être en être conscient lui-même. Notamment à bord du *Sirinetta II*, il s'était montré attentif à elle, à son confort, veillant à ce qu'elle ne se sente pas mal à l'aise avec Daniela, Valerio et sa famille. Et quand il l'embrassait c'était de l'amour qu'elle sentait dans ses baisers.

Mon Dieu, pourvu qu'elle n'ait pas fait l'erreur la plus phénoménale de sa vie en le quittant… Nora savait qu'elle avait eu raison de partir, parce qu'elle avait besoin d'être seule pour y voir plus clair et savoir ce qu'elle voulait. Mais le fait de se retrouver loin de lui ne diminuait en rien sa souffrance.

En short kaki et T-shirt blanc, chaussée des grosses chaussures de marche prêtées par sa mère, Nora se dirigea vers le bureau pour envoyer quelques mails, comme elle le faisait chaque jour depuis son arrivée.

En l'espace d'une semaine, elle s'était facilement réhabituée à la vie simple de la réserve, songea-t-elle de nouveau en allumant l'ordinateur. Après avoir posé sa candidature sur des sites spécialisés, elle avait reçu plusieurs propositions de stage à Londres, mais aussi une autre qui l'intéressait davantage, car elle provenait d'un cabinet situé dans une petite ville proche du village anglais où Duarte possédait une maison.

Elle était tentée d'accepter à cause de Liam. Ce serait plus facile de gérer leur coparentalité s'ils vivaient à proximité l'un de l'autre. Nora refusait de prêter attention à la façon dont son imbécile de cœur frémissait à la perspective de revoir Duarte. Il lui manquait, certes, elle se réveillait chaque matin en regrettant qu'il ne soit pas là, mais elle devait garder les pieds sur terre et considérer la situation d'un point de vue pragmatique.

Lorsqu'elle sortit du bureau, elle fut presque abasourdie par le chant des oiseaux et les appels des animaux de la réserve. À tel point qu'elle entendit à peine un véhicule arriver derrière elle. Se retournant, elle vit une grosse jeep noire foncer à toute allure - ce que n'auraient jamais fait ceux qui travaillaient à la réserve - et passer à côté d'elle, avant de tourner au croisement et de prendre la direction de la maison de sa mère.

Nora reprit sa marche, puis se mit à courir. Elle arriva à la barrière juste à temps pour voir un homme de haute taille descendre de la jeep et se retourner vers elle.

— Duarte…, murmura-t-elle, incrédule.

Il avait une allure épouvantable : les yeux cernés, la chemise chiffonnée, le pantalon maculé de boue… Mais cela ne l'empêchait pas de la toiser, l'air plus impérieux que jamais.

Elle s'avança et s'arrêta à quelques pas de lui, le cœur battant.

— Qu'est-ce que tu fais ici ?

— Tu veux une réponse polie ou la vérité ? répliqua-t-il lentement.

— Je crois que nous avons dépassé le stade de la politesse, non ?

Il acquiesça d'un hochement de tête et se passa la main dans les cheveux.

— Je suis une épave depuis que tu es partie. Je me suis dit que je n'insisterais pas, que je n'essayerais pas de te forcer à revenir, et je ne le ferai pas.

Il ferma un instant les yeux et secoua la tête.

— Mais tu me manques, Nora. Vous me manquez tous les deux si cruellement que c'est comme si j'avais perdu un bras ou une jambe. Alors j'ai décidé que, même si je faisais tout ce chemin pour t'entendre me dire de m'en aller, cela valait le coup… et je ne me suis pas trompé. Parce que, maintenant que je te vois là, en face de moi, je ne regrette rien.

La chaleur irradiant de son regard attirait Nora comme un aimant. Elle fit un pas vers lui, mais il l'arrêta d'un geste de la main.

— Tu as dit que, dès que tu étais avec moi, tu n'arrivais plus à réfléchir, et je sais maintenant ce que tu voulais dire.

Il s'interrompit en soupirant.

— Je me suis promis de ne pas étaler mes sentiments, mais je ne peux pas nier qu'il y a toujours eu cette alchimie intense entre nous, dès le premier soir. Le problème était ailleurs. Tu as eu raison de me quitter. J'ai… Je me suis conduit comme le plus grand des imbéciles.

Après avoir reculé d'un pas, il s'éclaircit la voix.

— À présent, je comprends pourquoi tu désirais revenir ici.

La douceur de sa voix passa sur elle comme une caresse.

— C'est un vrai paradis, ajouta-t-il.

— Je ne m'en rendais pas compte avant de partir pour Rio, répliqua Nora. Mais j'ai découvert beaucoup de choses depuis mon retour. Et mes retrouvailles avec ma mère ont été plus faciles que je ne m'y attendais.

— Je suis content que tu aies trouvé ce dont tu avais besoin, dit-il d'une voix rauque. J'ai moi aussi eu besoin de temps pour reconsidérer certaines choses. Ton départ m'a donné le courage de faire des choix difficiles. J'ai dit la vérité à Dani concernant nos parents ; la conversation n'a pas été aisée, mais elle était nécessaire. Elle m'a demandé de te transmettre un message, de te dire que vous lui manquiez, toi et Liam, et que si tu l'empêches de le voir pendant trop longtemps elle viendra vous retrouver.

Les larmes montèrent aux yeux de Nora.

— Cela a dû être très douloureux, murmura-t-elle.

— Je regrette seulement d'avoir gardé le silence. En fait, je m'y suis pris comme un manche, à tous les niveaux, et je voulais te dire personnellement, avant que l'on en parle dans tous les médias, que j'ai démissionné de mon poste de P-DG de Velamar.

— Pourquoi as-tu fait cela ? demanda Nora, abasourdie.

— Je veux être libre et travailler à ma façon, à distance, avoir une vie plus simple et voyager moins, afin de pouvoir consacrer du temps à Liam. Et de manière à ce que nous puissions trouver un arrangement qui tienne compte de nos besoins respectifs, pas seulement des miens.

— C'est… C'est formidable.

— Tu as déjà réfléchi à l'endroit où tu aimerais t'installer ?

Elle le dévisagea en silence, n'arrivant pas encore à croire qu'il était bien là, qu'il lui offrait tout ce qu'elle avait cru impossible.

Il lui offrait tout, sauf…

— Tu as dit que tu t'étais promis de ne pas étaler tes sentiments, mais que ressens-tu vraiment, Duarte ?

— En plus de me trouver complètement stupide de t'avoir laissée partir ? demanda-t-il en la regardant dans les yeux. Je me suis rendu compte que, si j'avais été aussi furieux en retrouvant la mémoire, c'était parce que j'étais amoureux de toi. Je t'ai toujours aimée, même quand ton père est venu me voir, même quand je perdais mon sang et que tu me tenais la main en me suppliant de ne pas mourir. Et, quand je t'ai retrouvée, ces sentiments étaient toujours là, ils m'ont ramené vers toi à mon insu. Ensuite j'ai réalisé combien je t'avais blessée en disant à ton père que tu n'avais aucune valeur à mes yeux. J'ai compris que ma colère était en fait dirigée contre moi et que j'avais été aveugle. À ce moment-là, j'ai su que j'avais une seconde chance et que je ne pouvais pas la louper…

Nora s'avança vers lui, posa les mains sur son torse chaud et musclé et sentit les battements réguliers sous ses doigts.

— Je ne m'attends pas à ce que tu te jettes dans mes bras, reprit-il. Je sais que tu as de bonnes raisons d'attendre, pour voir si je tiens mes promesses. Mais si tu m'accordes cette seconde chance je ne me conduirai plus comme un idiot cette fois. Je t'offrirai tout l'amour que je possède.

Incapable d'attendre un instant de plus, Nora se haussa sur la pointe des pieds et l'embrassa. Le baiser dura une éternité, son cœur battait comme un fou, tout son être se réjouissait, palpitait…

Lorsque leurs bouches se séparèrent, Duarte tint Nora serrée contre lui, avant de la repousser doucement.

— J'ai eu tort de te faire cette demande en mariage. Je voulais te forcer à rester avec moi. Si nous envisageons une vie commune, je veux que tu restes parce que tu l'auras souhaité. Si nous ne nous marions jamais, je m'en fiche. La seule chose qui m'importe, c'est que nous soyons ensemble.

— Et si je désire m'installer ici pour de bon… ? chuchota Nora d'un air délibérément sérieux.

Duarte fronça les sourcils.

— Eh bien, cela ne faciliterait pas les choses, mais je trouverais une solution.

Elle éclata d'un rire joyeux et détendu qu'elle ne se connaissait pas.

— Alors ça, si ce n'est pas de l'amour, je ne sais pas ce que c'est !

— Vous êtes une négociatrice impitoyable, Nora Beckett, murmura-t-il en se penchant pour l'embrasser dans le cou.

— Je ne souhaite pas vraiment m'installer ici, avoua-t-elle. J'ai passé toute la semaine à envoyer des demandes de stage en Angleterre. Je veux recommencer à zéro, loin du Brésil. Je veux fonder une famille avec toi et faire de ta grande maison notre maison.

Laissant glisser les mains sur la poitrine de Duarte, elle sentit soudain une bosse sous le tissu de la chemise. Il sourit et lui montra une chaîne en or qui portait, en guise de pendentif, sa bague de fiançailles.

Il fit passer la chaîne par-dessus sa tête et la lui glissa dans la main.

— Cette bague n'a pas besoin d'avoir de signification précise. On peut la considérer comme un simple symbole.

— Tu sais, j'ai toujours rêvé de me marier ici, à la chapelle du village, entourée de mes amis d'enfance, de ma mère et de notre petite communauté.

Après avoir contemplé quelques instants le diamant qui étincelait dans sa paume, Nora glissa la bague dans la main de Duarte.

— Je préfère qu'elle signifie quelque chose. Si tu veux toujours de moi…

Sans la moindre hésitation, il posa un genou sur le sol boueux et lui prit la main.

— Acceptes-tu de devenir ma femme, Nora ?

Elle s'agenouilla devant lui et lui offrit sa main pour qu'il lui glisse la bague au doigt. Puis elle lui passa les bras autour du cou.

— J'aimerais fêter nos fiançailles dans un endroit plus discret avant que nous soyons interrompus…

Duarte se redressa en riant et la souleva dans ses bras pour se diriger vers la maison.

— Montre-moi le chemin, mon amour.

— Tu peux compter sur moi. Toujours.

Épilogue

Jamais elle n'avait été aussi heureuse, songea Nora tandis que, main dans la main, ils s'avançaient sur le ponton de bois.

Ils avaient prononcé leurs vœux dans la vieille chapelle du village, tenant tour à tour Liam dans leurs bras jusqu'à la fin de la cérémonie. Nora portait une robe blanche toute simple, et Maureen lui avait tissé des fleurs dans les cheveux. Quant à Duarte, il était sublime dans un costume bleu nuit coupé sur mesure et une chemise blanche déboutonnée à l'encolure. Nora avait en outre réussi à le convaincre de glisser une orchidée violette, ses préférées, dans sa boutonnière.

Quand ils arrivèrent devant le hors-bord amarré à l'extrémité du ponton, elle se tourna vers son mari et aperçut la petite foule qui les regardait et dansait sur la rive.

— Alors, qu'est-ce que c'est, cette mystérieuse surprise ? murmura Nora en se haussant sur la pointe des pieds pour l'embrasser.

Des applaudissements nourris crépitèrent derrière eux, accompagnés de vivats enthousiastes et chaleureux.

— Si je te le dis, ce ne sera plus une surprise.

Il lui prit la main et l'aida à monter à bord, puis démarra le moteur avant d'ajouter :

— Tu vas devoir attendre encore un peu…

Nora le regarda piloter en souriant tandis qu'ils s'éloignaient de la réserve. Lorsqu'il commença à ralentir, elle observa les alentours.

— J'ai entendu parler de cet endroit il y a longtemps, dit Duarte. Tu sais où nous sommes ?

Elle secoua la tête.

— À la rencontre des eaux. Au confluent du rio Solimões et du rio Negro. C'est à partir d'ici que le fleuve prend le nom d'Amazone. Regarde !

Il lui désigna l'eau autour d'eux, et Nora distingua en effet deux teintes : celle des eaux sombres, presque noires, du rio Negro et celles, couleur ocre, du rio Solimões. Derrière eux, les deux nuances se mélangeaient, n'en formant plus qu'une.

— Je n'en reviens pas de ne pas avoir vu cela plus tôt, murmura-t-elle.

— C'est le jour idéal, répliqua Duarte en lui prenant les mains. Mais j'ai encore une surprise.

Il lui ôta son alliance et la souleva dans la lumière.

Fronçant les sourcils, Nora observa l'intérieur de l'anneau en platine et laissa échapper un petit halètement. Duarte avait fait graver la date et l'heure de leur première rencontre.

— Je voulais que nous prononcions nos vœux personnels ici, parce que je trouve que cet endroit symbolise tout ce que j'aime en toi. En nous.

— L'ombre et la lumière, murmura Nora, émue aux larmes.

Le regard rivé au sien, il lui remit son alliance.

— Je t'aime, Nora. J'aime tout ce que tu as traversé et tout ce qui a fait de toi la femme que tu es aujourd'hui. Je te promets de t'aimer et de te chérir jusqu'à mon dernier jour.

Les mains tremblantes, elle ôta l'alliance de Duarte et la porta à ses lèvres.

— C'est l'endroit idéal, tu as raison, mon chéri.

Elle lui glissa l'anneau au doigt, puis leva les yeux vers lui en souriant.

— Je promets de t'aimer et de te chérir, Duarte. Pour l'éternité.

— Pour l'éternité, répéta-t-il en l'attirant dans ses bras.

Vous avez aimé *Le retour de Duarte Avelar* ?
Retrouvez en numérique l'histoire de la sœur
de notre héros, Daniela Avelar :

1. *Promesse sur un yacht*
2. *Le retour de Duarte Avelar*

Retrouvez prochainement,
dans votre collection

AZUR

Ce secret dévoilé, de Caitlin Crews - N°4422

Lorsqu'elle se rend au sommet de la Skalas Tower, Kendra n'a qu'un but : convaincre Balthazar, le maître des lieux, d'abandonner toute poursuite judiciaire contre sa famille. Or l'homme d'affaires grec à la réputation impitoyable n'a que faire de ses arguments. Aussi Kendra se résout-elle à utiliser la seule arme dont elle dispose face à Balthazar – la séduction. Seulement, après s'être liée à son ennemi durant une nuit époustouflante, elle se découvre enceinte…

Liaison avec un Italien, de Carol Marinelli - N°4423

Gian de Luca, duc italien et magnat des affaires, sait que la ravissante Ariana Romano lui est interdite. Non seulement elle est la fille de son mentor mais sa réputation d'héritière gâtée et sulfureuse n'est plus à faire. Toutefois, une nuit, Gian perd la raison et attire Ariana jusqu'à son lit. Dans l'intimité, sa douce maîtresse se révèle bien différente de celle qu'il croyait connaître. Et Gian ne songe déjà plus qu'à prolonger leur liaison au parfum de scandale…

Sous la protection du cheikh, d'Annie West - N°4424

Pressée de fuir un mariage forcé, Tara passe la frontière de son pays pour entrer clandestinement au royaume de Nahrat. Hélas, elle atterrit malgré elle dans la salle du trône du cheikh Raif. Ce roi du désert, autoritaire et fier, sait qu'elle appartient à un peuple rival et pourtant, à la grande surprise de Tara, il lui offre sa protection. Mais, quand bientôt la rumeur enfle au sujet de leur proximité nouvelle, Raif doit étouffer le scandale qui menace d'exploser. Et c'est ainsi qu'il proclame Tara comme sa future épouse !

L'amant de Singapour, de Dani Collins - N°4425

Tsai Jun Li. À peine Ivy pose-t-elle les yeux sur le milliardaire qu'elle est saisie par un brusque accès de fièvre. Cet homme est un fantasme, la perfection incarnée ! Aussi, quand il lui propose de passer la nuit avec lui, elle cède à la tentation. Quatre mois plus tard, c'est à Singapour qu'elle tente de le retrouver. Car, si leur étreinte devait rester sans lendemain, le destin en a décidé autrement : Ivy attend un enfant de son inoubliable amant…

Confidences scandaleuses, d'Andie Brock - N°4426

Emma a passé une nuit époustouflante dans les bras de Leonardo Ravenino, le milliardaire qu'elle aurait dû se contenter d'interviewer pour son journal. Aussi, quand il la rejette au lendemain de leur étreinte, c'est le cœur brisé qu'elle couche sur le papier sa frustration et tout le mal qu'elle pense de celui qui l'a séduite. Hélas, alors que ces confidences devaient rester intimes, voilà qu'elles sont publiées par accident ! Dès lors, Emma n'a d'autre choix que d'affronter la colère de Leonardo, au moment même où elle se découvre enceinte de lui...

Le guerrier des sables, de Jackie Ashenden - N°4427

Alors qu'elle pénètre dans une forteresse en plein désert, Ivy prend peur. Ce voyage qui l'a menée des rives pluvieuses de l'Angleterre au climat torride d'Inaris s'est révélé épuisant. Et l'accueil hostile que lui réserve le cheikh Nazir al-Rasul ne fait rien pour calmer les battements précipités de son cœur. Nazir est un chef de guerre farouche, redoutable et redouté, et Ivy est probablement folle d'être venue à sa rencontre pour lui annoncer une nouvelle incroyable. Alors que tous deux ne se sont jamais rencontrés auparavant, Ivy attend l'enfant de Nazir. Son héritier...

L'épouse d'un patron, de Katrina Cudmore - N°4428

Magnat dans l'hôtellerie de luxe, Loukas Christou multiplie les contrats lucratifs partout dans le monde. Mais aujourd'hui l'un de ses partenaires en affaires refuse de traiter avec lui sous prétexte qu'il est encore célibataire – et donc forcément instable ! Furieux qu'on puisse douter de lui, Loukas se résout toutefois à chercher une épouse de circonstance. Et c'est Georgie, sa belle assistante, qui est chargée de lui dénicher la femme idéale. Seulement voilà, alors qu'il côtoie chaque jour Georgie dans le cadre paradisiaque de l'île de Talos, Loukas prend conscience qu'elle éclipse toutes les candidates au mariage...

La proposition d'une innocente,
de Melanie Milburne - N°4429

SÉRIE : *OBJECTIF PASSION* - 1/3

Dans un mois, Ivy fêtera son trentième anniversaire. Or pas question pour elle d'atteindre l'âge fatidique sans avoir connu d'abord les plaisirs de l'amour. Parce qu'elle est toujours célibataire, elle ne voit qu'une solution : proposer à son ami Louis Charpentier de lui ravir son innocence. Bien qu'il soit un play-boy et un séducteur invétéré, cet homme a toute sa confiance. Et puis, dans la mesure où il est aussi expérimenté que rétif à toute forme d'engagement, il sera le partenaire parfait. L'amant idéal, pour une nuit seulement...

Conquise par Ashton Castle,
de Natalie Anderson - N°4430

SÉRIE : *FRÈRES REBELLES* - 1/2

Un verre de champagne, un bain moussant... Merle profite du confort de la somptueuse villa qu'on l'a autorisée à occuper durant son séjour sur l'île de Waiheke, où elle fait des recherches sur la famille Castle. Jusqu'à l'arrivée inopinée d'Ashton, le maître des lieux, dans la salle de bains où elle se prélasse ! Mortifiée par cette rencontre avec le ténébreux milliardaire qui la couve d'un regard chargé de désir, Merle l'est davantage encore quand il lui révèle qu'ils passeront la semaine en tête à tête...

L'étranger de l'orage, de Marion Lennox - N°4431

Seule dans la ferme délabrée qu'elle vient d'hériter, Charlotte tente d'ignorer le fracas de l'orage, dehors. Et c'est avec un certain soulagement qu'elle voit débarquer chez elle un homme qu'elle n'a jamais rencontré, mais auquel elle offre l'hospitalité. Au cours de cette nuit de tempête, inquiétante et magnifique, tous deux en viennent à tomber dans les bras l'un de l'autre. Charlotte, déjà, sent son cœur battre pour son compagnon d'infortune ! Hélas, elle ne tarde pas à découvrir qu'ils ne font pas partie du même monde, car Bryn Thomas Morgan se révèle être un lord anglais...

Une brûlante étreinte, de Jennifer Hayward - N°4432

Diana enrage. Que lui a-t-il pris d'accepter de se rendre au mariage de son amie Annabelle ? Elle savait pourtant que Coburn, son futur ex-mari, s'y trouverait aussi, et que la simple vue de cet homme qui lui a brisé le cœur lui serait insupportable. D'autant que Coburn semble s'amuser de la situation, joue avec elle comme un lion avec sa proie, la provoque... et finit par l'attirer dans son lit. Diana comprend alors que c'est peut-être ce qu'elle est venue chercher ici, ce soir : la terrible confirmation de l'emprise absolue qu'il exerce, aujourd'hui encore, sur ses sens...